Ferdinand Bordewijk

Bint

Ferdinand Bordewijk

BINT

Roman eines Senders

Aus dem Niederländischen von
Marlene Müller-Haas

Mit einem Nachwort versehen von
Maarten 't Hart

C.H.Beck textura

Die Neuausgabe erschien 2009 unter dem Titel
«Bint. Roman van een zender»
bei Nijgh & Van Ditmar in Amsterdam.

Nederlands
letterenfonds
dutch foundation
for literature

Die Übersetzung dieses Buches wurde von der
niederländischen Stiftung für Literatur gefördert.

Die Reihe textura wurde vom Verlag Langewiesche-Brandt
(Ebenhausen bei München) gegründet und wird seit dem
Jahr 2010 vom Verlag C.H.Beck fortgeführt.

Für die deutsche Ausgabe:

Satz: Fotosatz Amann, Aichstetten
Druck und Bindung: Pustet, Regensburg
Gedruckt auf säurefreiem, alterungsbeständigem Papier
(hergestellt aus chlorfrei gebleichtem Zellstoff)
Printed in Germany
ISBN 978 3 406 63957 9

www.beck.de

INHALTSVERZEICHNIS

Meinem Rektor
und seinem Kollegium

EINE EISERNE ZUCHT

De Brees Denken war eckig und schroff. Der Himmel hing tief, schmutzig, rußig. Novembermorgen. Der Wind tanzte rau um die Ecken. Die bäuerische Riesin bestürmte ihn mit der vollen Ladung nasser Wäsche. De Bree kämpfte kurz. Es war ein Vorpostengefecht. Er wusste in etwa, wo er hinging. Er hatte davon gehört.

Mit unverzögertem Schritt erreichte er den Platz durch die Wirbel der Windgatten. Der Platz war rechteckig, schlackig, eingerahmt von Pflastersteinen. Ein riesiges totes Geäst, nichts weiter, auf der verkohlten Erde, der Musikpavillon. Drei hohe Häuserwälle, mehr Glas als Stein, schmale Scheiben zwischen schmaleren Steinen, die Fensterfülle von Armeleutehäusern. Die Wälle waren kaum voneinander geschieden, nur durch die schmalen Windgatten, Speigatten für den Verkehr. Da und dort, auf dem großen Platz verstreut, standen flatternd kleine Gruppen.

Den vierten Wall bildete der als einziger gelbgrau getünchte Quader des Gebäudes mit dem morschen Dachturm und der Uhr aus verblichenem Gold. Lecks tränten schmutzig über seine Fassaden.

Er läutete schrill, er hatte noch keinen Schlüssel. In der abweisenden Halle war keine Wärme. Die Treppe nach oben lag steif ausgestreckt da, mit doppeltem hölzernem Schwung nach weiter oben. Dort war ein Wesen, schwarz, totenbleich, das zauderte, schaute und bei der Biegung verschwand.

«Kommen Sie kurz hierher», bat ein großer, molliger Mann mit sehr weißem Gesicht. Es war der Hausmeister. Er hatte die Stimme eines Weichtiers.

Am Rand der Halle stand bereits der Direktor auf der Schwelle, trocken, stockmager, kerzengerade. Er schaute wie durch eine Brille aus Blut. Sein Blick war schwach. Sein Kinn spitzte sich zu einem grauen Backenbart. Seine Knochenhand bot keinen Druck, sondern etwas Blinkendes.

«Hier ist dein Schlüssel. Das Lehrerzimmer ist oben, das kommt später. Ich muss dir etwas sagen, ein wenig mehr als schon gesagt. Komm kurz mit. Wir fangen gleich an.»

Der Direktor schritt aufrecht, schnell, leicht durch die Flure des Gebäudes, das um den Platz lag. Am Ende kehrten sie um und gingen zurück, und so mehrere Male.

In der Halle traf sie jedes Mal beängstigende Zugluft. Die Türen standen offen, die Schülerschaft kam herein. Die Schüler gingen vorbei und grüßten ohne Höflichkeit, wie Jungen grüßen. Sie sahen es nicht.

Der Direktor duzte ungefragt, nicht aus Vertrautheit, kraft seiner Autorität. De Bree bemerkte es kaum.

Bint sagte, nach unten zeigend:

«Deine erste Stunde ist in dieser Klasse. Die Klasse ist einzigartig. So eine habe ich noch nie formen können, vor dieser. Doch Schluss mit den Betrachtungen. Ich liebe die Kürze …»

Mir aus dem Herzen gesprochen, dachte de Bree.

«Diese Klasse hat deinen Vorgänger weggeekelt. Das ist keine Warnung, sondern ein Hinweis. Verstehst du? …»

Er verstand es damals nicht, erst später.

«Ich verlange von jedem: Zucht. Ich bin höchst modern. Die Zeit der Gemütlichkeit, der Verbrüderung ist vorbei. Dieses Geschlecht ist zu zügellos.»

Die Klingel hatte geschrillt, die Schule war still geworden. Sie gingen noch ein wenig. De Brees Klasse stand offen. Er spähte durchs Treppenhaus hinüber. Er sagte nichts.

«Man muss den Kreislauf wagen. Alles verwildert schnell. Man muss weit, und rasch, auf das alte System von Macht und Furcht zurückgreifen. Das Alte ist das Neueste, das Beste, das Einzige. Ich fordere: eine – eiserne – Zucht. Nun geh.»

Der Direktor verschwand, aufrecht, schnell, mit leichtem Schritt, wo der Flur ellbogte. Ruhig ging de Bree langsam die acht ausgetretenen Stufen hinab. Er verarbeitete, ließ sich jedoch nichts anmerken. Er betrat die Klasse namens 4D. Er fühlte es gleich, denn er hatte Phantasie. Er empfand dies als eine Hölle, als die Hölle. Er betrat die Hölle.

DIE HÖLLE

Auf dem Podest standen ein Tisch und ein Stuhl. Der Tisch war haargenau an den Rand gestellt. De Bree verschob ihn zu sicherem Stand, betastete verstohlen den Stuhl, setzte sich neben den Tisch, nahm von ihm achtlos ein Blatt Papier mit Namen.

Das hier musste ein Keller gewesen sein. Es gab eine Wand mit vier winzigen Fenstern hoch oben. Sie waren aus milchigem

Panzerglas, davor noch Gitterstäbe. Dort entlang bewegten sich die unteren Hälften von Menschen draußen, dort entlang stob rüttelnd der Wind. Das Licht brannte, rot, düster.

Die Klasse saß erwartungsvoll still. Der Raum führte hoch zur Wand gegenüber, mit starker Steigung. De Bree saß tief und ungünstig. Alle sahen ihn an. Die meisten sahen auf ihn herunter. Das Auge eines Einzelnen schweifte kurz zu den Fenstern mit dem Wind. De Bree unterschied noch nicht viel. Es waren schon schreckliche Gesichter. Es gab nur eine Frau.

De Bree hob die Augen vom Blatt. Er sah auf die Klasse. Er grinste, ohne Lachen, sein Mund war voll starker, brauner Zähne. Er wartete etwa eine Minute. Er ließ die Tür offen. Dann begann er zu lesen.

«Whimpysinger – de Moraatz – Neutebeum – Nittikson – Surdie Finnis – te Wigchel – Kiekertak – Taas Daamde ...»

Was für Namen, dachte er. Die Antwort: Ja, anwesend, kam zögernd.

«Peert – Punselie – Bolmikolke – Klotterbooke ...»

Er hielt den Klassenspiegel weit von sich, als könnte er ihn sonst nicht lesen. Er las die Namen absichtlich langsam und schleppend. Das schleppende Antworten blieb.

Er legte den Plan neben sich. Er grinste noch breiter, ohne Lachen. Er stand auf, stellte den Stuhl hinter den Tisch und nahm wieder Platz. Er blickte schweigend auf die Klasse, abwartend.

Er sagte:

«Dass ihr durcheinandersitzt und falsche Namen angebt, betrachte ich nicht als Kinderei. So wenig wie das, was ihr vorhin mit dem Tisch versucht habt.»

Er legte die Arme darauf und wippte kurz auf dem Stuhl nach vorn, schon ganz zu Hause . Die Klasse wartete still.

«Ihr seid zu groß für Kindereien. Deshalb betrachte ich dies als Feindschaft, als zwei ausdrückliche Zeichen von Feindschaft. Ihr wollt Krieg. Es wird Krieg zwischen uns sein, ohne Unterlass, das ganze Schuljahr ...»

Er wartete kurz und blickte forschend um sich. Er musste jetzt in einem Zug durch. Er vertraute auf seine Kraft und winkte:

«Du, komm her.»

Seine Worte hatten Eindruck gemacht. Ein Gorilla schlenkerte gemächlich auf ihn zu.

«Gib mir die Hand ... Nein, die ist zu schmutzig ... die linke.»

Sie gaben sich die linke Hand.

«Drück zu.»

De Bree drückte sofort fest zu. Der Junge drückte sofort mit aller Kraft zurück. Er war sehr stark, aber er war ein Junge. Sie drückten schweigend und ohne sich zu bewegen, der Junge stehend, der Mann sitzend.

De Brees nicht großer, athletischer Körper war von mächtiger Kraft. Der andere wurde blass in seinem dunklen Gesicht, seine Stirn begann zu glänzen, aber er bewegte sich nicht und gab keinen Ton von sich. De Bree hörte nicht auf, ohne Lachen zu grinsen, verächtlich.

Tapferer Bursche, dachte er.

Seine Kraft war noch nicht am Ende. Er zog an. Der Junge presste ein Bein gegen das andere. Sein Bauch zog sich ein. Die Klasse sah es und blieb still. Dann ließ er los. Gelb fiel die Hand herab, das Monster wankte zurück in die Bank.

«Dieser Händedruck», sagte de Bree, «ist unsere Kriegserklärung, nicht zwischen ihm und mir, sondern zwischen mir und der Klasse. Ich sitze von nun an hier, hinter diesem Tisch, meiner Festung. Stürmt ruhig heran, ich weiß, wer der Stärkere ist.»

Die Klasse schwieg.

«Mein Vorgänger wurde hier weggeekelt. Ihr denkt natürlich, dass ihr das auch mit mir machen könntet: einem neuen Lehrer, dazu noch einem befristeten. Ihr irrt, es wird euch nicht gelingen. Ich könnte euch mit Leichtigkeit Stück für Stück zerquetschen. Nicht aus Zorn, Gott bewahre, sondern einfach, weil ich es will. Verdammt schade nur, dass es verboten ist ...»

Ein Raubvogel, irgendwo aus der Mitte, fragte plötzlich kreischend, ohne Handheben:

«Herr Lehrer, kann die Tür zu?»

De Bree war darauf nicht gefasst. Er beherrschte sich, zog die Augenbrauen hoch, schaute absichtlich leer zu dem Fragenden, dann wieder weg. Er schüttelte den Kopf:

«Ihr könnt mich nicht reizen. Ihr werdet nie ein Anzeichen von Zorn sehen. Ich kenne keine andere Strafe als Nachsitzen und Ausschluss. Ich gebe euch jetzt die Gelegenheit, euch auf eure Plätze zu setzen.»

Bewegung kam auf. Polternd, stolpernd gruppierte sich die Klasse um. Der Geier flog hoch in die Voliere.

Er spähte wieder auf den Plan. Dann ging sein Blick suchend herum. Er blieb auf einem granitenen Wesen ruhen, klein, allein in einer großen Bank. Sein Finger zeigte unnachgiebig:

«Du bittest den Direktor herzukommen.»

Das sphinxhafte Wesen humpelte klein, lahm, aus der Bank

und schwer die Stufen hinauf. Alles kam jetzt darauf an, ob es Bint mitbrachte. Hinten wechselten zwei noch schnell die Plätze. Er sah es nicht. Der leichte Schritt des Direktors ertönte im Flur, dahinter schwerfällig das kleine Wesen, und langsam in die Bank.

«Herr Direktor», sagte de Bree und behielt die Klasse scharf im Auge, während er den Plan überreichte, «sagen Sie mir doch bitte, ob jeder auf dem Platz sitzt, der ihm angewiesen wurde?»

Bint blickte kurz über die Klasse, nicht auf den Plan, gab ihn schweigend zurück, ging.

De Bree prägte sich alle Gesichter und Namen ein. Das durfte nie mehr vorkommen. Er nahm sein Notizbuch.

«Diejenigen, deren Namen ich nenne, kommen morgen von zwei bis sechs.»

Es gab eine leichte Erregung. Ein Blick, und es war wieder still. Er tat alles überaus langsam, studierte den Plan, die Klasse, minutenlang. Es tönte wie ein Urteil:

«Ten Hompel – Heiligenleven ...»

Die zwei, die in letzter Sekunde gewechselt hatten.

«Van der Karbargenbok ...»

Der Raubvogel spreizte eine Klaue.

«Ja?»

«Herr Lehrer, kann die Tür zu?»

«Van der Karbargenbok kommt auch am Samstag, von zwei bis sechs.»

«Da hat mein Vater Geburtstag.»

Es gab unterdrücktes Prusten.

«Van der Karbargenbok kommt am Samstag her, von zwei bis sechs und von sieben bis zehn.»

Es begann sachte zu rumoren. Er erhob sich halb hinter dem Tisch und klopfte einmal leicht mit der Hand darauf.

«Ruhe.»

Er flüsterte es furchteinflößend, mit drohend rollendem R. Sein kurzer Hals schwoll an zu einem Baumfuß mit schweren Wurzeln. Etwas Neues kam in seinen Blick, er fühlte es selbst. Er schlug den Sturm nieder.

«Wer sich mehr bewegt, als mir lieb ist, bleibt.»

Er saß unvorteilhaft, so tief unten vor der steil ansteigenden Klasse. Aber er hatte sie, meinte er, im Griff. Er legte seine Uhr vor sich, achtete auf die Zeit. Er unterrichtete nicht, schaute auf die Klasse, die Klasse auf ihn. Er schrieb noch einige Namen auf. Die Klasse war ziemlich ruhig, angespannt ruhig. Am lautesten war der Wind. Die Tür blieb offen, der Klasse wurde kalt. Gegen Ende der Stunde stopfte er bedächtig eine kurze Pfeife. Die Klaue hob sich wieder.

«Herr Lehrer, ist immer noch Krieg?»

Er achtete nicht auf das Kichern. Er grinste, mahlte zweimal drohend.

«Ich werde dem Direktor vorschlagen …»

Er wartete.

«… den Schüler van der Karbargenbok für vier Tage vom Schulbesuch auszuschließen, mit einer noch aufzugebenden Strafarbeit.»

Die Klingel schrillte. Als er oben war, brach ein höllischer Radau los. Es ging ihn nichts mehr an. In Gedanken rieb er sich die Hände: Nicht schlecht für eine erste Stunde. Er begegnete Bint. Bint sagte nichts, bekundete keine Zustimmung. De Bree brauchte sie nicht. In seinem Notizbuch standen acht Namen.

DIE MITSTREITER

De Bree nahm die Treppe, die in der Halle schlicht zwei Arme ausbreitete. Oben war das Lehrerzimmer. Es lag über der Halle, mit Blick auf den Platz. Er hatte eine Freistunde. Drei Männer, die nach dem Wind schauten, drehten sich um. Er stellte sich vor. Der kleinste trug einen Bowler, lüftete ihn kurz.

Das war Keska. De Bree konnte ihn gleich nicht leiden. Er war ein schrecklicher Prolet, mit unsauberen Zähnen, einem nassen Lachen von Ohr zu Ohr. Seine Hand war klamm, die Stimme abstoßend. Er stapfstiefelte davon zu einer Klasse, roh nachdröhnend, klein, mit Hut.

Talp war stämmig, angegraut, wohlhabend. Seine Lippen waren genießerisch, seine Stimme dozierte. Seine Hand hielt auf Distanz. Er glitt mit Bedacht und Würde in seinen Regenmantel, verließ die Schule.

Remigius war hochgewachsen und schmächtig. Sein Menschenauge war dunkel, heiter, warm. Sein Händedruck einnehmend. Er setzte sich mit Arbeiten an den Tisch und korrigierte. In seinem schlaffen Mundwinkel glühte eine Zigarette.

De Bree schlenderte an den Wänden entlang, pfeifedampfend. Er nahm ein Buch über Statistik, setzte sich Remigius gegenüber, begann zu lesen, begriff nur die Hälfte.

Er sah wieder um sich, die Schule war still, die Scheiben bewegten sich in den Nuten, der Wind lief Sturm gegen das Haus.

Er ging kurz in die Halle, die Treppe hinab, neugierig. Er lauschte in den Flur, die Schule war still, aber in der Hölle rumorte es schlimmer als bei ihm. Nein, dieser unterdrückte Aufruhr war bei ihm nicht zu hören gewesen. Er war zufrieden. Im Lehrerzimmer stellte er sich ans Fenster. Nur wenige Individuen wehten über den Platz. Der Wind schleuderte große, lose Tropfen. Schwaden von Fabrikruß schlugen sich nieder, von irgendwoher, und zerfielen.

Er setzte sich wieder an den Tisch. Remigius hatte das Korrigieren eingestellt, schaute und schob sein Zigarettenetui über den Tisch. De Bree lehnte ab. Er stopfte seine Pfeife.

Er sagte:

«Ich habe acht für den ersten freien Nachmittag.»

«Ja, du warst in einer schwierigen Klasse … Wie ging es?»

«Den gewohnten Gang.»

Remigius überlegte.

«Man mag die Klasse oder man hat Angst vor ihr.»

«Eine Hölle …»

«Das nennst du eine Hölle? … Eine Hölle … Nicht übel … Ich glaube nicht, dass es hier schon mal einer so gesehen hat … Eine Hölle, vielleicht. Vielleicht eher ein Läuterungsberg für den Lehrer. Auf jeden Fall ein Kuriosum und Bints ganzer Stolz. Wenn ich von Bint anfangen würde … Aber wir reden hier nicht viel, nach seinem Vorbild.»

De Bree hörte zu, nickte.

«Er liegt über Kreuz mit dem Schulstadtrat», sagte Remigius doch noch. «Der will dieses Regime nicht. Die Schule ist in zwei Jahren tot, und Bint weg. Viele Lehrer wurden versetzt. Schon seit drei Jahren werden keine Schüler mehr aufgenommen. Angeblich ist das Gebäude zu alt. Geschwätz. Es ist wegen Bint, wegen seiner Vorstellung von Zucht. Wir haben jetzt nur noch vier Züge vierte Klassen und drei fünfte. Zweidrittel der Klassenzimmer stehen leer. Die Schule stirbt. Aber Bint wird hier trotzdem Männer gemacht haben.»

Er beugte sich wieder über die Diktate. Ein kleiner roter Kräftiger mit graublondem Stoppelkopf, im Regenmantel, ohne Hut, kam herein. Er ließ die Tür offen.

«Hier ist es warm.»

Er stellte sich vor. Er gab die schwammige Hand einer Waschfrau. Donkers, der Stellvertreter des Direktors. Er war ganz ausdruckslos, still, bestimmt. Sein Mund war säuerlich, mit den kleinen, abgewetzten Zähnen des Pfeifenrauchers.

Meine Zukunft, dachte de Bree.

Der Hausmeister kam herein, an die offene Tür klopfend.

Er war ein großes, bleiches Kalb mit einem aufgedunsenen Kalbskopf, und in seiner Brust schlug, ganz langsam, ein großes, kaltes Kalbsherz. Mit dicken weißen Wurmfingern fühlte er an der Heizung, verschwand nach weiter oben.

«Der steigt der neuen Putzfrau nach», sagte Donkers säuerlich.

De Bree fiel etwas ein.

«Doch keine bleiche, schwarze?»

«Exakt.»

Eine Lehrerin kam herein, energisch, unansehnlich, frisch vom Wind.

«Fräulein Delorm. Sagen Sie einfach To. Man duzt sich hier doch gleich.»

«Außer Bint», sagte Remigius.

«Nun ja, Bint, das versteht sich.»

Ihr Mund war zu breit und zu dünn, aber beweglich und intelligent. Sie zog ruck, zuck den Kamm durch ihr Haar, schüttelte den Kopf.

De Bree sah zu.

Eine quadratische Gestalt kam herein, in Schwarz, mit düsterem Blick, einem langen, schwarzen Schnurrbart.

«Nox mit den Zügeln», sagte Fräulein Delorm.

Der Mann gab eine quadratische Hand, zwirbelte seinen Schnurrbart, lachte nicht.

Sie machen alle einen guten Eindruck außer Keska, dachte de Bree.

Keska hatte eine Delle oben am Kopf, erinnerte er sich.

Keska kam aus einem Heißwasserladen; seine Mutter hat ihm einen vollen Petroleumkanister auf den Kopf fallen lassen, damals, als er noch klein war, dachte de Bree.

Der Hausmeister war wieder unten. Die Klingel schlug Alarm.

DIE BLUMEN

De Bree bog ab zu einer neuen Klasse. Er platzte hinein wie ein Unwetter. Es war unnötig. Der sanfteste Friede herrschte in diesem Gewächshaus.

Zehn Minuten, nicht länger, botanisierte er auf seinem Podest. Dann kannte er jedes Pflänzchen mit Namen vom Index, mit allen Eigenschaften, aufgrund seiner Erfahrung.

Es gab hinten die zwei Mädchen Kret, Stientje und Mabelle, Letztere eine pummlige Madonna, dunkel und rosig, Erstere ein unschuldiger kleiner Schalk, furchtlose Fünkchen in grauen Augen, lustige braune Locken. Beide sehr klein und sehr fraulich. Schon mit Brüstchen wie kleine Käse.

Es gab hinten einen jungen Mann, sehr lang, in einer sehr kleinen Bank. Sein Gesicht war sehr schmal und klein, es war erfüllt von der Schwermut der Jugend, seine dünnen Beine ragten überlang und hilflos neben der Bank in den Durchgang. Seine Hosenbeine waren nicht mitgewachsen.

Dann war da im Mittelpunkt ein jugendlicher Fürst im Exil, mit Augen, die sein Reich zurückerobern wollten, und dem kantigen Kiefer des Halbwüchsigen.

Vorne seitlich saß ein Junge wie eine schöne Frau, mit Frauenaugen von tiefem Aquamarin, Augenbrauen wie geschorener Samt, Wimpern aus Seide, eine Haut aus Satin. Er hieß Jerôme Fléau. Er hatte den Mund eines Knutts. De Bree fühlte auf der Stelle einen schrecklichen Widerwillen.

Er begann mit dem Unterricht, diktierte, ließ überarbeiten. Er wandelte leise durch das schmale Treibhaus. Es schien in der Flaute zu liegen. Er hörte keinen Wind. In den Heizungsrohren gluckerte zufrieden das Wasser.

Der Gärtner wandelte zwischen den Frühbeeten, er schaute über die gebeugten Blütenköpfe. Er schaute hinunter auf die Hefte, wo die Federn kratzten. Er sah jetzt wieder Menschen. Er sah allmählich die Schrift entstehen, dieses womöglich Rätselhafteste, Ureigenste des Menschen. Es traf ihn, dass er das nicht erwartete.

Die kleine Madonna malte sehr hässliche Krähenfüße, ihre

Schwester schrieb ruhig, ausdruckslos, der lange Hilflose breit und plump, mit nur wenigen Buchstaben auf einer Zeile. Der Fürst schrieb wie ein Erdarbeiter. Nur Jerôme Fléaus Handschrift hatte etwas Vornehmes. De Bree nahm daran gewaltig Anstoß. Barsch strich er mit Blau etwas durch, das nicht sehr falsch war. Der schöne Junge hob kühl den Blick.

De Bree ging weiter. Es war eine kleine Klasse in einem schmalen Klassenzimmer. Zwölf waren da. Einer war abwesend. Das Licht war verschwunden.

Er blickte über die Köpfe. Er fragte sich, was dort gedacht wurde. Es interessierte ihn oberflächlich. Er beugte sich hier und da tief über die Scheitel. Er wollte darunter die Gedanken strömen hören. Er sah Frisur, Pomade, Strähnen, Schlampigkeit. Es war ihm alles völlig unbegreiflich. Aber er wusste, dass er vor dem gewöhnlichen Rätsel des Anderen stand und vor weiter nichts. Es interessierte ihn herzlich wenig. Er hatte es schwach strömen hören. Mit einem Raunzer ließ er Schluss machen.

Er setzte sich auf das Podest, er stopfte schon seine Pfeife. Die Klasse beobachtete es, ohne Hochmut, ohne Unterwürfigkeit, ruhig und korrekt. Er drehte sich langsam zu dem einen um, der etwas war, er sah auf zwei Aquamarine. Dort saß eine Gefahr, eine große.

Fünf Minuten lang, kein Husten, keine Bewegung, außer mit den Augen. Die Blumen standen reglos in völliger Windstille. Der Geruch des Treibhauses belastete.

Als an diesem Tag die Klingel zum letzten Mal schrillte, stand de Bree in der Tür und ging nicht beiseite. Die Klasse drückte sich an ihm vorbei.

DER STRAFTAG

Van der Karbargenbok war für nur einen Tag vom Unterricht ausgeschlossen worden. Bint hatte zu dieser Strafverkürzung keine Erklärung abgegeben. Das enttäuschte de Bree. Nachzufragen war er zu stolz. Er hatte immerhin sieben Nachsitzer. Er war vor zwei Uhr wieder zurück. Er hatte keine anderen Nachsitzer als die aus der Hölle. Er machte das Licht an, ließ die Tür offen. Immer wieder ging die Türklingel. Der Hausmeister schlurfte herbei und wieder davon. Das Gelichter kam herein. Sie waren beinahe pünktlich. Er ließ es auf sich beruhen.

Er winkte dem Letzten, die Tür zu schließen. Sie setzten sich auf ihre Plätze. De Bree überprüfte es auf dem Plan. Sie saßen richtig. Die sieben saßen in der ganzen Klasse verteilt. Es wirkte wie eine Klasse mit enorm vielen Kranken. De Bree schmunzelte innerlich. Das waren keine Burschen, die je krank wurden. Es waren sechs Burschen, und dann noch die Frau.

De Bree konnte in ihr kein Mädchen sehen. Sie sah nicht danach aus. Es war eine Frau, jung oder alt, abstoßend. Sie hieß Schattenkeinder. Jeder hatte sein Buch dabei. Schattenkeinders Buch war abgestoßen und zerfetzt. Es hing an einem langen Faden. Wie am Schwanz eines Drachens.

De Bree ließ eine halbe Stunde nichts tun, dann aus dem Buch abschreiben. Er hatte keine Lust, sich anzustrengen. Er gab absichtlich eine geisttötende Aufgabe. So wurde es drei.

Er stand auf, um durchs Gebäude zu schlendern und eine Pfeife zu rauchen. Bei jedem machte er mit Blau ein Kreuz hinter das zuletzt geschriebene Wort. Dann ließ er weiterschreiben und ging, schloss die Tür. In der Halle schlug er Feuer, spazierte durch die langen Flure, sah in leere Klassenzimmer, ins Labor, in die Schulbibliothek. Dann die Treppe hinauf, die oberen Flure, wieder die kahlen Räume. Irgendwo traf er einen Lehrer, der zwei Jungen nachsitzen ließ. Er kannte ihn nicht. Er stellte sich vor. Es war Ridderikhof, ein lascher Mensch, früh alt, Glotzaugen, gehalten von straff gespannten Lidbändern. Er war sich mit der Hand durch dünnes, ergrauendes Haar gefahren. Es stand in einer drolligen Tolle hoch. Ridderikhof unterhielt sich kurz. Er hatte etwas Freundliches, etwas, das für die Schule eine Spur zu schwach schien.

«Ich habe sieben unten sitzen.»

«Lässt du sie allein?»

«Sie schreiben.»

Er wartete:

«Ich habe hinter ihrem letzten Wort ein Kreuz gemacht.»

«Schlau.»

«Mir machen sie nichts vor.»

Er schaute auf die Jungen. Er kannte sie nicht. Es waren zwei Braune. Das Bekanntmachen kam noch. Sie lernten, sie saßen da wie Klötze, nachdem sie ihn gesehen hatten.

Ridderikhof rauchte eine Zigarette, die ziemlich stank. Seiner Hand sah man das Nikotin an, sie war ganz gelb. De Bree hielt ein bisschen Abstand.

«Wann gehst du?», fragte er.

«Um vier. Und du?»

«Um sechs.»

«Junge, Junge!»

De Bree ging weiter. Er sah in Klassenzimmer. Er stieg noch höher. Die Welt hier war unbewohnt. Die Räume waren unmöbliert, mehrere abgeschlossen. Die Schule starb. Am Ende blieb ein Museum mit verstaubten Vitrinen übrig. Er hörte Krakeelen. Er lief den Flur wieder zurück. Am anderen Ende sah er das schwarze Geschöpf vom Tag zuvor gegenüber einer verwelkten Harpyie in einer Tür. Dahinter ragte der schwere Leib des schwammigen Hausmeisters auf.

Bei de Brees Anblick unterbrach die Hexe ihr Gekabbel, der Hausmeister sein feines Lächeln. Die Wohnungstür klappte zu.

Die Putzfrau huschte, auf kaputten Pantoffeln, lautlos an ihm vorüber. Sie hatte etwas grob Interessantes. Der Schnitt ihres tiefschwarzen Haars war nicht ohne Koketterie. Die Augen lagen hell in einem Teint von auffallender Blässe. Der Mund war anämisch und sinnlich, ein wenig geöffnet. Sie zahnlachte an ihm vorbei die Treppe hinab.

Verdammt, was für ein Wesen, dachte de Bree. Wie kann Bint so ein …

Er hatte eine Erinnerung an einen geschmeidigen Körper und grobe, breite Zähne.

Er wartete kurz, um keinen Anschein zu erwecken. Dann zurück zur Klasse. Sie hatten hinter den Kreuzen ziemlich gut weitergeschrieben. Er behielt sie im Auge. Er nahm diese Einzelwesen nun besser in sich auf.

Da waren Whimpysinger und de Moraatz. Sie saßen nebeneinander, sie gehörten zusammen. Später sollte er sehen, dass sie unzertrennlich waren. Der Zufall hatte sie zu einer Zweiheit verschmolzen. Whimpysinger war groß und bleich. De Moraatz war klein und bleicher. Whimpysinger hatte knallgrünen Zahnschimmel und rötliche Augen. De Moraatz' Zähne waren einfach braun. Seine winzigen Augen ohne Weiß passten wie ein Jett in einen Ring. Sie blickten mit der wütenden Verzweiflung einer Ratte in der Falle.

Da waren ten Hompel und Heiligenleven. Heiligenlevens Kopf war wie mit nassem Kalk schlampig auf eine Maurerkelle geklatscht, von breit nach spitz. Er saß da, mit einem kuriosen Stiel auf den Schultern. Er war sehr klein, nichts als Kopf.

Mein Gott, was für eine Klasse, dachte de Bree. Und von solchen gab es dort mehr als zwanzig. Auf dem Jahrmarkt könnte man damit Gold scheffeln.

Ten Hompel war wieder anders. Er schnappte beim Arbeiten nach einem Insekt. Er hatte eine schwarze Doggenvisage. Für eine Dogge war er zu vif. Er sah beim Arbeiten blitzschnell zu de Bree auf, hundert Mal. Seine kleinen Augen waren mehr Schäfer als Hund, und mehr Wolf als Schäfer. Er war ziemlich kräftig, und nichts als Kiefer.

Die Frau Schattenkeinder war eine Schludertrine mit Strubbelkopf. Zehn Fingerspitzen waren blau vor Tinte. Sie mahlte unablässig. De Bree kam dazu.

«Mund auf.»

Sofort klaffte der Mund auf. Er war ungeschickt gemeißelt, ein nasses, rotes Loch voll alter Zähnchen aus vergilbtem Elfenbein.

Zu ging der Mund, und wieder das Mahlen.

«Halt den Mund still.»

«Geht nicht.»

Die Frau brach in kreischendes Greinen aus, zehn Sekunden lang, dann brach es ab. Wieder begann das Kauen. Keiner sah hin. De Bree zuckte mit den Schultern, ging zurück. Die Frau saß da und fleckte mit nassem Gesicht mangels Taschentuch ihr Heft voll.

Vorn saß Voorzanger. Er war von allen der menschlichste. Er war ein bleicher Jude mit Brille. Er warf einen dreisten Blick durch seine Gelehrtenbrille. Wenn nicht sein Blick frech blitzte, funkelten frech die Brillengläser. Er war sehr abweisend und abwesend, ein junger Gelehrter. De Bree hörte, dass er ein junges Schachwunder sei, das simultan gegen dreißig Schachmeister spiele.

Nittikson war ein grüner Glitscher, mit Augen, die ständig in die Augenwinkel oder nach oben rutschten, permanent am Rand eines epileptischen Anfalls. Mitunter trat ein wenig Schaum in seine Mundwinkel. Schlimmer wurde es nie.

De Bree kam sich hier vor wie in einem Traum. Er weckte sich, machte wieder Kreuze und ging.

BINT

Remigius wollte gern plaudern. De Bree hatte ihn im Lehrerzimmer gesehen. Remigius hatte ein paar Bücher aus der Lehrerbibliothek vor sich. Er war um fünf noch kurz zum Arbeiten gekommen. Jetzt war er fast fertig.

De Bree fand es hier gemütlich. Über dem Tisch war nur eine Billardlampe an. Das Licht war warm und grün. Kurze Zeit rauchten sie schweigend, Remigius seine Zigarette, de Bree seine Pfeife. Remigius klappte das Buch zu, äugte zu de Bree. Er saß im Dunkeln, de Bree ebenfalls. Das Licht war zwischen ihnen. Ihre Augen fanden sich hinter dem Licht. Es gab ein Einvernehmen.

Was für ein schönes Menschenauge, dachte de Bree. Ihm fiel etwas ein. Er ging zum Stundenplan.

«Stimmt», sagte er.

«Was?»

«Ich wollte wissen, wer gestern nach mir in der Hölle unterrichtet hat.»

Er sagte es natürlich.

«Die Hölle? Die Hölle? ... O ja, du nennst sie so. Du bist sensibel ... nicht übel, die Hölle ... Für Bint wäre das keine Bezeichnung.»

De Bree verlangte keine Erklärung. Er verstand auch so.

Er fragte:

«Gehen wir gleich zusammen?»

«Wenn du nicht zu lange bleibst.»

«Bis sechs.»

«Das geht ... Sag mal, wer kam denn nach dir in die 4D?»

«Keska.»

«Du machst ein triumphierendes Gesicht.»

De Bree lachte, lehnte sich breit hin.

«Ich kenne jetzt alle hier, die Lehrer, nur Keska fällt aus dem Rahmen.»

«Ihn hat Bint zufällig nicht ausgewählt.»

«Die anderen wohl?»

«Gewählt oder geformt.»

«Bist du schon lange hier?»

«Ich arbeite zehn Jahre unter Bint.»

«So.»

«Aber erst in den letzten fünf habe ich begriffen.»

Remigius lehnte sich nun ebenfalls breiter hin.

«Das ist ein historisches Faktum für die Schule. Es begann mit dem neuen Schuljahr, vor fünf Jahren. Bint bestellte uns alle eine halbe Stunde früher ein, zu einer Besprechung. ‹Das alte System ist von heute an gestorben›, sagte er, ‹ich habe in den Ferien nachgedacht.› Und in aller Kürze sprach er vom Gebot einer eisernen Zucht, vom noch Älteren als dem Neuesten.»

De Bree nickte, erinnerte sich.

«Es war ein anderer Mann, der da sprach. Seine Sätze waren knapp geworden, sein Wort hatte den Ton des absoluten Despoten. Wir sind ihm alle gefolgt, selbst – du lachst – Keska, auch wenn er sich schwertut. Wir fühlten, dass Bint seine Form gefunden hatte, am Ende seines Lebens.»

«Und warum?»

«Das weiß niemand. Wir haben ihn nie richtig verstanden. Damals wurde er uns erst recht unbegreiflich. Und dazu noch anmaßend. Binnen eines Jahres gab es Krieg mit dem Schulstadtrat. Es hagelte Klagen der Eltern. Es wurde eine Schule der Unbarmherzigkeit, aber es wurde eine Schule.»

Remigius zündete eine neue Zigarette an.

«Vor nunmehr drei Jahren gab es unter den hundertzwanzig neuen Schülern ungefähr dreißig ziemlich absonderliche Kinder, damals waren es noch Kinder. Es war reiner Zufall. Bint machte daraus eine Klasse. Es ist die 4D, du wirst in zehn Jahren sehen oder hören, was aus ihr geworden ist. Sechs sind nach und nach ausgeschieden. Jetzt ist die Klasse komplett. ‹Mein vollkommenstes Werk›, soll Bint einmal gesagt haben.»

«Und?», fragte de Bree nach einer Pause.

Remigius überlegte.

«Bint ist einer, der geht über Leichen, auch über seine eigene. Man erzählt sich hier Folgendes. Er hatte einen Schwiegersohn, einen Wertpapierhändler, der zuerst ein paar Hunderttausend Gulden Miese gemacht und sich dann aufgeknüpft hat. Bint nahm seine Tochter mit den beiden Kindern zu sich und begann, die Schulden abzuzahlen. Er hat damit vor bestimmt fünfzehn Jahren angefangen. Er wird noch zwanzig, dreißig Jahre lang zahlen. Er zahlt bis zu seinem Tod. Er wird da nie herauskommen, aber er zahlt. Bei ihm zu Hause ist Schmalhans Küchenmeister.»

«Hat er das selbst erzählt?»

«Natürlich nicht.»

Remigius antwortete kurz, fast feindselig. De Bree bemerkte

das Plumpe seiner Frage, wollte es wiedergutmachen und fand einen plumpen Gemeinplatz:

«Er muss ein guter Mensch sein.»

«Ich bin überzeugt», sagte Remigius ernst, «dass gut oder schlecht Bint nichts, aber auch gar nichts bedeutet. Ich bin überzeugt, dass diese neue Putzfrau, du weißt, dieses erbärmliche Geschöpf, als Agent provocateur für den Hausmeister gedacht ist.»

«Ach was.»

«Warum nicht? Er geht über Leichen. Der Hausmeister muss weg. Er war früher vernünftig. Jetzt ist er eine Gefahr für die Zucht geworden. Ich habe es miterlebt, wie dieser Mann allmählich abgestiegen ist. Bint weiß, dass er mit Fléau unter einer Decke steckt, aber er hat keinen Beweis, weder gegen den einen noch gegen den anderen. Der Hausmeister soll sich jetzt mit dieser Putzfrau unmöglich machen. Bint hat diese Putzfrau irgendwo aufgegabelt. Ich bin von Bints Absicht überzeugt», wiederholte Remigius ernst. «Ich habe fünf Jahre bei ihm gelernt, ihn durchschaue ich nicht, aber das hier schon. Ich finde ihn weder gut noch schlecht, sondern überlegen.»

«Wie lange ist die Putzfrau schon da?»

«Seit dem neuen Schuljahr.»

De Bree dachte an das, was er soeben miterlebt hatte. Er fand es nicht mehr aus der Luft gegriffen. Er glaubte, dass der Plan bereits Erfolg zu haben begann. Er sagte nichts.

Er kam in die unveränderte Hölle zurück. Es war wieder ziemlich viel geschrieben hinter den Kreuzen. Eine Minute vor sechs ließ er wegtreten.

Remigius wartete. Sie gingen ein Stück zusammen. De Bree erzählte etwas von sich.

DE BREE

Er ging über die Brücken, über das viele Wasser zum Südufer. Es war ein Marsch von einer Stunde. Aber er lief gern. Er lief, um denken zu können.

Er kam in sein Zimmer. Das Essen war lauwarm. Er aß schnell, achtlos. Er ließ abräumen, setzte sich an seinen Schreibtisch, zog eine Schublade auf und nahm sich sein Manuskript noch einmal vor.

De Bree hatte kaum Ansprüche. Sein Zimmer war kahl. Er brachte sich mit ein paar Nachhilfestunden durch. Die Schulstelle hatte er aus Neugier übernommen, und zur Ablenkung. Sein Ehrgeiz galt der Wissenschaft.

Hier, in der Industriestadt, konnte er nicht richtig arbeiten. Er musste häufiger in die Bibliotheken anderer Städte. Er arbeitete sehr langsam.

Er hatte eine große Studie über Anna Maria van Schuurman angelegt. Die Einleitung war fertig und sehr gut. Sie handelte von der gelehrten Frau. Er schickte voraus, dass er wenig verstand.

De Bree verstand eine Menge nicht von der Frau an sich. Darüber führte er gern Selbstgespräche. Er bewunderte sie grenzenlos, aber nie als Individuum. Er war fast asexuell. Er verstand absolut nicht, was eine Frau in einem Mann sah. Stießen sich diese abgerundeten Wesen nicht an der harten Eckigkeit des Mannes? Rissen sie sich ihre zarte Haut nicht an seinen harten Stoppeln auf? Drückte sein Leib nicht wie eine ungehobelte Kiste Dellen in ihre zarte Materie? Warum blieb eine Frau in der Gegenwart eines Mannes heiter? De Bree lachte nie. Wieso lachten Frauen immer? Wenn ein Mann nicht seinen Verstand hätte, wäre wirklich nichts von ihm übrig.

De Brees Studie handelte zuerst von der Frau und dann von der gelehrten Frau. Von Letzterer verstand er noch weniger, aber er stellte sie doch als niedriger stehend dar. Die Frau war immer ein Kunstwerk, bisweilen eine Künstlerin. Der Mann war nie ein Kunstwerk, aber bisweilen ein Gelehrter. De Bree las hier und da noch einmal in seiner Einleitung. Es war nicht besonders neu, aber deshalb noch nicht schlecht. Man musste nichts Neues sagen. Man sagte es eben im Ton seiner Zeit. Auf diesen Seiten war de Bree der Sender seiner eigenen Zeit. Es klang wirklich sehr gut.

Er dachte an die Schule. Es war schon wünschenswert, seine Kraft an der Wirklichkeit zu messen. Diese Stadt war doch eine richtige Stadt. Sie war erfüllt vom Klang ihrer Zeit. De Bree strotzte vor Kraft. Nicht alles konnte in die Kanäle der Schreibarbeit abgeleitet werden. Daher war die Schule für ein Schuljahr gut. Er hatte von der Schule gehört – da wollte er mitmachen. Ein Jahr lang.

De Bree sah den kultivierten Remigius, und die anderen, allesamt gut bis auf einen. Und hinter allen sah er Bint stehen. Und dann sah er Bint vor ihnen stehen. Und dann sah er Bint allein.

BRAUNE, GRAUE, DIE HÖLLE

Remigius hatte zu de Bree gesagt:

«Du hast dich schnell angepasst, mir scheint, sofort ... Bint sucht sich seine Leute aus.»

So galt das Lob Bint.

De Bree fühlte sich tatsächlich gleich zu Hause, im schlimmsten Milieu der Schule. War es Virtuosität? Saß es tiefer, und war es Begabung, Phantasie?

Er unterrichtete noch in zwei anderen Klassen, einer braunen, einer grauen. Er sah, dass eine Klasse ein Wesen war.

Die graue war gutartig, arbeitsam, farblos, schlecht. Sie wollte sich so gern fügen. Beim Schreiben zeigten sich Zungenspitzen, ertönte Gestöhn, glänzten Stirnen vor Anstrengung. De Bree hatte eine halbe Stunde Mitleid. Dann fühlte er, dass es eine der Klassen war, die jäh in Zuchtlosigkeit umschlagen konnte, in Rebellion. Sein Blick wurde hart, seitdem war er sehr streng, verbot das Stöhnen mit einem Klopfen auf den Tisch. Darauf wurde es zu schwerem Seufzen, das er nicht abstellen konnte.

An der braunen hatte er Freude. Dort gab es zwei braune Jungen, die er schon einmal gesehen hatte. Es lag ein Hauch von Braun über ihr. Es herrschte totenstille Aufmerksamkeit. Fünfzig Augen wichen nicht von seinem Mund, seine Worte trafen auf Ohren wie Resonanzböden. Finger hoben sich, fortwährend, an straff gereckten Armen, so hoch wie möglich. Es nahm kein

Ende, es waren vier, fünf zugleich. Wenn geschrieben wurde, fielen sie wie Raubtiere über ihre Hefte her. Er hatte bemerkt, dass diese Klasse allen anderen voraus war. Darin steckte die Gefahr von Hochmut. Die Klasse kannte ihre Klugheit. De Bree ließ sie spüren, dass sie noch gar nichts war. Er war auch hier streng. Er war es überall. In diesen beiden Klassen schaffte er es allein mit Strenge. Sie waren von Bints eiserner Zucht gestählt.

Und dann war er wieder in der Hölle. Er unterrichtete nicht, er saß nur da, hinter dem Tisch. Er blickte langsam um sich, aber er fürchtete nachlassende Wachsamkeit, er nahm nicht zu viele in sich auf, Stück für Stück. Es war auch noch zu bunt für besonnene Aufmerksamkeit. Hinten saß der Geier mit kleinen, glühenden Augen neben seinem Schnabel, ein Geier, der seit langem kein Aas mehr fraß. Den kannte er, und er kannte auch Schattenkeinder, und noch ein paar. Die anderen erkannte er, aber er kannte sie noch nicht. Das kam später.

Er sah immer wieder zu der kleinen Sphinx vorn an der Seite in der großen Bank, zu dem Granitquader seines Kopfes. Er hatte oben und hinten eine dünne Humusschicht, auf der wucherte ein undefinierbarer Bewuchs von der Farbe einer Rosskastanie.

Die kleine Sphinx Klotterbooke musterte de Bree doch sehr genau. Zwei-, dreimal spaltete ein unergründliches Lachen den Granit schief entzwei. Dann schloss er sich wieder wie Sesam hinter Ali Baba.

Dieser Klotterbooke infizierte die Hölle, die ihm kurz, lautlos, nachgrinste. De Bree beließ es dabei, nach einigem Nachdenken. Er verbot das Grinsen ebenso wenig wie das Atmen. Er ließ die Tür offen. Er gab keinen Unterricht.

Zum zweiten Mal war ein schneller Schritt zu hören. Bint

stand direkt neben ihm. Langsam, laut, ohne einen Blick zu Bint, sagte de Bree:

«Ich zähme.»

Bint sagte nichts. Die Klasse grinste. Diesen Augenblick vergaß de Bree nie: Bint direkt neben ihm. Er hätte dessen grauen Anzug mit dem Finger berühren können. Später, in seiner ungeheuren Verehrung für Bint, dachte er gern an diesen denkwürdigen Moment.

Zum dritten Mal schloss er die Tür. Zum vierten Mal begann er den Unterricht, sehr langsam, sehr tastend, hinter dem Tisch.

VOR WEIHNACHTEN

De Brees Vorgänger hatte noch bis Ende September unterrichtet. De Bree kam im November. In seinem Fach hatten die vier Klassen einen Monat lang nichts getan. Nach einer Woche der Annäherung gab er Vollgas. Die braune sauste voran, die graue ging mühsam, die Blumenklasse den gewohnten Gang, die Hölle schwerfällig.

Im Treibhaus mit den Blumen war er nicht gern. Er wurde dort schläfrig. Die Zucht war gut, aber er fand es öde. Er schlief in einem Zug. Sein Ellbogen rutschte von der Lehne. Er schrak hoch, und er sah Fléau. So ging es ständig. Er wurde schläfrig, dann sah er Fléau.

Eine Klasse war ein Wesen. Die Lehrer waren ein Wesen. Dann war die Schule ein Wesen. Auch diese.

Ich habe Glück gehabt, dachte de Bree.

Er erlebte zwei Augenblicke großer Demütigung.

Er stand vor der Treppe zur Hölle. Die Putzfrau kam vorbei. Er sah kurz hin. Ganz gegen seinen Willen. Er sah zu ihr. Sie musste denken, dass er wegen ihr hinsah. Mit einem vagen Lachen huschte sie weiter, auf kaputten Absätzen.

De Bree fühlte Bint in der Nähe. Er schaute, und sah Bint, und sah nun zum ersten Mal, dass auch Bint schaute. Bint hatte nie einen besonderen Blick durch seine Brille aus Blut. In seinem Auge funkelte Spott.

Verflixt, dachte de Bree, ich habe nichts verbrochen! Warum lässt der Schuft dieses Geschöpf während der Unterrichtszeit arbeiten.

Er polterte hinab zur Hölle. Aber die Hölle war immer gleich und nicht zu beunruhigen. Dann dachte er über sein Hinsehen nach. Es war nicht rein gewesen. Es war nicht schlimm, aber auch nicht rein. Die Sinnlichkeit der Kreatur zog ihn an. Er asexuell? Von wegen. Und er dachte anders über Bint.

Das Geschöpf hatte ein paar Tage lang ein schwarzes Auge. Natürlich ihr Kerl, dachte de Bree. Er war schlagartig genesen.

Er machte den Fehler, seine Genesung zeigen zu wollen. Es war genau eine Woche nach seinem früheren Hinsehen. Die Putzfrau hatte um die Zeit in seiner Nähe zu tun. Sie kam vorbei. Ihr Auge war grün und blau. De Bree sah in die andere Richtung. Er sah direkt in Bints Auge. Bints Auge funkelte vor Spott.

De Bree stand wutschnaubend vor der Hölle. Verdammt, hatte Bint dieses Wesen um seiner Schmach willen ausgesucht? Dann überlegte er, und gab Bint wieder recht. Es war ebenfalls nicht rein gewesen. Und er lebte wieder nur für seine Arbeit.

In der Hölle gab es ziemlich viel zu sehen. Er war jetzt bei den letzten Teufeln angelangt. Nach einer halben Stunde war er genügend abgekühlt, ließ schreiben und sah sich die letzten Teufel an. Dort saß Peert, immer bandagiert. Er hatte eine Neigung umzuknicken, zu stolpern, zu fallen. Er fiel immer unglücklich. Er fiel mit den Händen durch Scheiben, mit dem Kinn auf Zaunspitzen, mit den Beinen durch Wasserroste, mit den Schläfen auf Bordsteine.

Dort saß Steijd, der Gorilla, über und über schwarz behaart. Die Feder wischte er an den Haaren, an der Zunge ab. Armbänder aus Tinte umringten wunderlich seine schweren Handgelenke. An ihm war etwas ungemein Animalisches. Man konnte ihn fast nicht verstehen. Er hatte das heisere Brabbeln des mächtigsten Superprimaten.

Dort saß Bolmikolke, ein Kalmücke, achtzehn Jahre, kahl wie eine Hand. Alles an ihm tanzte. Er selbst tanzte nicht. Die Blechbrille tanzte auf seiner Nase, die Blechkette tanzte auf seinem Bauch.

Links hinten saßen zwei Furchteinflößende, Kiekertak und Taas Daamde. Kiekertak, ein Tiefseemonster, nichts als Zähne, zwei volle Zahnreihen, Taas Daamde, ein Teufel fürs Gruselkabinett, einen Meter lang, einen Meter breit, einen halben Meter dick, ein Fleischklotz wie ein Quader gepresstes Heu. Sie saßen in einer Bank. Sie suchten nicht die Nähe des anderen. Sie saßen automatisch nebeneinander, aneinander.

Die Hölle arbeitete sich schwerfällig durch die Aufgaben. Hier wollte de Bree nicht schlafen, wohl träumen, sich wegträumen in die Wirklichkeit. Das war seine Gefährdung. Zeigte er kurz Schwäche, stünde er am Anfang, wäre sie vielleicht unbesiegbar. Klotterbookes Grinsen fuhr wie an einer Lunte über alle Gesichter. De Bree empfand das als unausrottbar. Er stutzte zurück. Das durfte nicht höher werden. Es wurde nicht höher. Das Unterrichten fiel schwerer als das Stillsitzen. Anfangs war er geschafft von einer Stunde Unterricht in der Hölle.

Die Arbeiten wurden kaum ausreichend abgegeben, aber egal. Voorzanger könnte brillieren, aber er wollte nicht. Das Arbeitsergebnis zeigte eine erstaunliche Einheitlichkeit. Er gab nur Fünfen.

Ab und zu gab es Anzeichen von Auflehnung, doch niemals kollektiv. Ruhig griff er immer wieder auf den freien Nachmittag zurück. Die ersten vier Wochen war er jeden Mittwoch- und Samstagnachmittag da, von zwei bis sechs, zweimal auch abends von sieben bis zehn. Einen Teufel schickte er noch einen Tag lang weg.

An diesen Straftagen saßen auch Delinquenten aus den anderen Klassen nach, nur seltener. Im Dezember wurde es weniger. Ein Mal hatte er eine Woche ohne Strafen.

Kurz vor den Weihnachtsferien warteten nach Schulschluss drei aus der Hölle. Sie erwarteten ihn am Lehrerzimmer. Unter ihnen war Steijd.

Er kam in den Flur.

«Und?», fragte er.

Sie seien eine Abordnung aus der Hölle. Steijd sei ihr Wortführer. Es kam schwer über die Lippen. Die Klasse ließ fragen, ob er Frieden schließen wolle.

De Bree zeigte nicht die Spur seiner großen Überraschung.

Kurz sagte er:

«Nein.»

Und er sagte noch einmal:

«Nein.»

Sie gingen weg.

Tags darauf saß de Bree in der Hölle, hinter dem Tisch.

DIE KONFERENZ

Am letzten Abend, nach Schulschluss, kamen sie zur Notenkonferenz zusammen. Bint verschickte die Weihnachtszeugnisse am zweiten Ferientag.

Sie saßen um den Tisch. Bint hatte den Vorsitz . Sie saßen im Halbdunkel, Licht auf ihren Händen, ihren Papieren.

Bint saß weit von de Bree entfernt. Er saß stockmager, kerzengerade. Bint hatte seine gewohnte Miene, ohne Ausdruck. Seine Hände lagen alt und mager im Licht. Seine Stimme war ausdruckslos, sein grauer Spitzbart bewegte sich kaum.

Bint sagte:

«Für den neuen Lehrer de Bree erkläre ich, dass ein schlechtes erstes Zeugnis entscheidet. Ein Schüler verbessert sein schlechtes erstes Zeugnis nicht. Das ist hier ein Grundsatz. So ist es möglich, Sitzenbleiber abzuwehren. Ich rate den Eltern, einen Schüler mit einem schlechten ersten Zeugnis von der Schule zu nehmen.»

Sie begannen mit den höchsten Klassen. De Bree gab dort keinen Unterricht. Er merkte, dass es schnell ging. Bint las alle Noten vor. Auf dem Zeugnis hießen sie Lehrernoten. Bint las sie ruck, zuck hintereinander weg. Dann legte die Konferenz die entscheidende Note fest. Sie war nicht der Durchschnitt der Lehrernoten. Auf dem Zeugnis hieß sie Schulnote. Ein Ungenügend als Schulnote war ein schlechtes Zeugnis.

Über die Schulnote gab es mitunter erhebliche Wortgefechte, aber zur Sache. Man versuchte seinen Eindruck von einem Schüler klar vorzutragen. Die meisten Noten wurden gleich festgelegt. Eine Debatte dauerte höchstens drei Minuten. Es war seltsam.

De Bree hatte dabei nichts mitzureden. Nach einer Weile verlegte sich seine Aufmerksamkeit vom Gesagten auf die Verhandelnden.

Neben Bint saß Donkers. Er protokollierte. Er erinnerte an Bint, verschlossen, ausdruckslos. Ihm fehlte etwas Wesentliches. Er war zu wenig er selbst, zu viel Kopie. Seine Hand war alt und mager, trocken und rot. Er war säuerlich. Darin lag seine Persönlichkeit. Er machte säuerliche, treffende Bemerkungen. Vielleicht glich er mehr einer Kopie. De Bree bekam allmählich Hochachtung. Man durfte Donkers nicht neben Bint stellen. Donkers war sicher ein hervorragender Lehrer. Er hatte den Kern eines hervorragenden Direktors in sich.

Das Lehrerzimmer war rasch verqualmt. Sie rauchten nicht, der Frau wegen. Die Frau aber rauchte. De Bree war To Delorm selten begegnet. Er betrachtete sie eingehend. Er dachte an seine Studie über die gelehrte Frau. Sie war resolut, aber nicht herrisch. Neben Bint war ein Herrscher undenkbar. Sie war nach gängigem Maßstab nicht schön. Sie hatte eine frische Stimme, kräftig, nicht kindlich. Sie war die einzige, die lachte. Vielleicht, weil sie eine Frau war . Sie zeigte dann und wann ein strahlendes Lächeln mit perlweißen Zähnen in einem breiten Mund. Sie hatte die Virtuosität der Frau, ohne innere Fröhlichkeit und trotzdem natürlich zu lächeln. Sie war ganz und gar Frau. Sie war der Schmuck, den die Konferenz brauchte, um nicht zu ernst zu sein. Sie war außergewöhnlich, de Bree kam immer wieder auf sie zurück. Manchmal schimmerte die Dämmerung auf ihrer Brille. Er musste denken, dass Bint dies im Grunde seines Herzens nicht unlieb sein konnte.

Ihr Gegenteil war der schwarze Nox. Er sprach langsam und sehr wenig. Seine Stimme kam immer aus dem Boden. Er hatte einen unheilvollen Blick. Sein Schnurrbart zerschnitt sein Gesicht in zwei düstere Hälften. Wie eine Leitlinie einen düsteren Platz. Er hatte die Düsterkeit, den Mangel an Lebensfreude des Arbeiters. Bei anderen Gelegenheiten sah de Bree ihn lächeln. Aus Verzweiflung. Er hatte die imposanten Hände von einem, der früher den Vorschlaghammer geschwungen hatte. Zwischen seinen Fingern wirkte ein Bleistift wie eine Nadel. De Bree wusste von seinem früheren Leben nichts, als dass er Arbeiter in einer Stahlgießerei gewesen war. Aber diese quadratischen Hände konnte er mögen.

Am würdevollsten war Talp. Er blieb de Bree ziemlich fremd. Er war vollkommen im Lot, wusste es jedoch allzu gut. Er war der Einzige, der posierte, wenig, aber doch so, dass es auffiel. De Bree war manchmal fast so weit, den pummligen Keska Talp vorzuziehen. Keska war zu durchschauen, Talp hatte Ehrgeiz, Talp hatte einen Stammbaum.

De Bree hatte einmal bei Talp hospitiert. Nach de Brees Geschmack ging Talp etwas zu weit. Es gab durchaus Grund zu

Bewunderung. Talp erreichte mit geringen Mitteln eine vorbildliche Ordnung. Aber er zwang der Klasse mehr auf als Zucht, einen Drill.

De Bree mochte den schwächlichen Ridderikhof. Sein graues Haar stand wie ein Kakadukamm. Er hatte etwas Zittriges, er musste kränklich sein. Er hatte das Aussehen eines Menschen mit viel Körperschmerz. Er klagte nie, er zeigte nie Schmerz, er fehlte nie. Er hatte etwas Zittriges, ohne dass er zitterte. Er wirkte schwach und war es doch nicht. Er hatte seinen Körper in der eisernen Zucht seines Willens, und damit die Klasse.

DIE KONFERENZ, DIE REDE

Die drei höchsten Parallelklassen waren binnen einer Stunde abgehandelt. De Bree nahm eine andere Haltung ein. Nun war er an der Reihe. Es ging im selben Tempo weiter.

Niemand hatte etwas zu der Klasse zu bemerken, die er die braune nannte. Deren Vermögen war in allen Fächern ziemlich hoch.

Die Blumenklasse gab ein Notenbild ab, das in seiner Ungleichmäßigkeit schlampig wirkte. Keska sagte, dass er es beklemmend finde. Bint zuckte nur kurz mit den Schultern. Bint sagte:

«Ich warne jeden vor Jerôme Fléau.»

Es freute de Bree insgeheim, dass er diesen Schüler ebenso einschätzte wie sein Direktor.

In der grauen Klasse wurden fünf Ungenügend gegeben. Über eines davon wurde diskutiert.

Es betraf den Schüler van Beek. De Bree kannte ihn als schlecht. Der Junge war hypernervös, an der Grenze zur Überreiztheit. Er hatte eine bebende Handschrift. Ridderikhof plädierte für Milde. Der Junge habe es schwer zu Hause. Sein Vater sei tot. Er müsse naturgemäß der Versorger der Familie werden. Seine Mutter habe eine Vertretung für Tee- und Kaffee. Er habe wegen der Bestellungen und Lieferscheine viele Gänge zu machen. Seine Mutter sei schwierig. Er arbeite bis in die Nacht, bekäme zu wenig Schlaf. Ohne Schulzeugnis würde nie etwas aus ihm. Er wolle in zwei Jahren Geld verdienen, in einem Büro, in einer nicht allzu untergeordneten Stellung.

«Das wissen wir», sagte Bint.

«Ich habe gehört», sagte Keska, «dass er droht, sich umzubringen, wenn er kein Ausreichend schafft.»

«Er droht?», fragte Bint ausdruckslos.

«Nun ja.»

«Dann muss er tun, was er nicht lassen kann.»

Das sagte To Dolorm. Für de Bree klang das hart aus dem schön garnierten Mund. Er merkte es selbst. Er fühlte, dass er noch nicht so gestählt war wie die meisten.

«Es gibt keinen Grund, jemanden zu schonen, der Selbstmord ankündigt. Wo führt das hin?»

Das sagte Bint. Für de Bree gab das den Ausschlag.

Als abgestimmt wurde, war nur Keska für Ausreichend. De Bree hatte sich gepanzert. Van Beek bekam eine Sechs. Bint sagte spottend:

«Wir haben fünf Minuten über einen einzigen Schüler geredet. Wie lange dann über die noch folgen.»

Es ging wie am Schnürchen. Die Hölle kam an die Reihe. Man schoss hindurch. De Bree hatte auf treffende Bemerkungen gewartet, sie erhofft, speziell von Bint, galt sie doch als dessen Lieblingsklasse. Man konnte Stunden über dieses Unikum sprechen. Aber hier es ging nicht um Betrachtungen, egal wie interessant. Es ging um Noten. Bint las ruck, zuck die Lehrernoten vor. Sie waren weder gut noch schlecht. De Bree hörte Vier, Vier, Vier. Ganz selten eine Drei bis Vier, ganz selten eine Sechs. Es wurde nicht im Geringsten diskutiert. Die Schulnote wurde gleich festgehalten, nirgendwo eine Abweichung vom Durchschnitt der Lehrernoten.

Die Schulnote für die gesamte Hölle war ein knapp Ausreichend. Sie waren durch.

«Ich habe noch etwas zu sagen», sagte Bint.

Seine Hände lagen schmal, alt und still im Licht. De Bree schaute von Nox zu Bint. Bints Hände gefielen ihm besser.

«Ich erwarte nach den Ferien Schwierigkeiten. Es ist nicht unmöglich ...»

Er brach ab.

«... es ist möglich ...»

Er brach ab.

«... es ist wahrscheinlich, dass der Schüler van Beek Selbstmord versuchen, vielleicht begehen wird. Fléau schürt seit langem Unruhe. Ich will ihn von der Schule haben. Ich habe keine Unterstützung vom Schulstadtrat. Fléaus Vater ist hier ein angesehener Bürger. Wenn van Beek stirbt, bekommen wir ernsten Widerstand. Der Widerstand wird uns helfen, die

Schule zu säubern. Es wird eine letzte und gründliche Säuberung sein.»

Bint fuhr fort:

«Dreimal, in den vergangenen drei Jahren, haben Schüler mit schlechten Zeugnissen sich merkwürdig verhalten, haben angefangen zu streunen und Ähnliches. Die Eltern in Angst, die Polizei auf den Beinen. Die Schule bekommt die Schuld, aber schuld sind die Eltern. Das Kennzeichen meiner Züchtung ist Ausgewogenheit. Die Schule stößt die Haltlosen ab, weil sie nicht lernen zu gehorchen. Mich lässt die Psyche eines Kindes, das von dieser Zeit angefault ist, kalt.»

Bints Hand kam flach auf den Tisch.

«Ich fordere von jedem Lehrer, dass er sich nicht in das Kind hineinversetzt, dass er nicht hinabsteigt. Ich fordere vom Kind, dass es sich in den Lehrer hineinversetzt, dass es aufsteigt. Ich fordere, dass es sich in zehn Lehrer hineinversetzt. Ich fordere, dass es zehnmal Gehorsam anerkennt, zehnmal Zucht, dass es von zehn Erwachsenen gezüchtigt werden wird.

Die Jugend ist dabei, sich zu großen Gruppen zusammenzutun, die jeden Sonntag durch die Straßen ziehen. Sie haben einen gefährlichen Anschein von Schönheit. Das Individuum geht in ihnen unter, jedoch nicht aus Gehorsam. Das Individuum trägt eine kollektive Zurschaustellung von Macht mit. Es geht mit anderen im gleichen Wollen auf. Und es geht in der Macht unter. Die Gruppen bedeuten die Auflösung des Individuums, weil es nicht Gehorsam lernt, sondern Macht. Der Mensch darf nicht mehr Masse sein, als für die Staatsordnung erforderlich ist. Er darf kein anderes Heer bilden als das Staatsheer. All diese Sonntagsheere sind verseucht. Der Mensch muss

Gehorsam lernen und Zucht. Dadurch unterwirft und entdeckt er seinen Willen.»

«Das alles», sagte Bint, «ist nicht neu. Aber es ist notwendig wegen dem, was kommen wird.»

Und er fuhr fort:

«Ich weiß die heute Abend geführte Debatte zu würdigen. Sie war präzis, konzis. Aber ich weiß, dass unter euch welche sind, die im Unterricht noch zu viel sprechen. Im Unterricht muss jedes Wort ein Befehl sein. Ein Befehl ist kurz. Das Sprechen im Unterricht kann noch knapper werden. Wir müssen die sprichwörtliche Weitschweifigkeit des Niederländers bekämpfen, sie Lügen strafen. Die Sprache der Regierung, die Sprache in allen Schichten, die Sprache der Gesetze, die Sprache der Zeitungen ist mir ein Gräuel. Ich lese keine Zeitungen mehr, weil von zehn Wörtern nicht eines verantwortbar ist. Wir missbrauchen unsere Sprache immer ruchloser. Wir prostituieren sie. Prostitution ist Sittenverfall. Am Verfall der Sitten geht ein Volk zugrunde. Wir stehen am Abgrund. Wenn es uns nicht gelingt, uns von diesem Abgrund wegzubewegen, gehen wir an unserer Sprache, mit unserer Sprache zugrunde.»

Bint sagte noch:

«Mein Nachbar hat ein Grammophon mit Jazzplatten, Negermusik. Ich höre immer zu. Sie ist nicht schön, sie ist mehr. Sie ist stockend, zerrissen, urtümlich. So muss unsere Sprache sein. Die Kunst der Rede ist tot. Wer sie ausgräbt, begeht Nekrophilie, ist ein Psychopath. Ich will das Beste meiner Zeit ernten und damit meine Schule nähren. Ich will eine Kultur von Riesen züchten, nicht wissenschaftlich, sondern gesellschaftlich. Das heranwachsende Geschlecht wird später sagen: ‹Der ist von Bints Schule.› Dem werden sie gehorchen. Nun geht.»

Sie hatten still zugehört. Mit zusammengepressten Lippen. Sie saßen da, ein Elitekorps, eine Einheit, ein Wesen. Die kleinen Fehler des Wesens waren das Menschliche.

Sie brachen auf, Bint voran, sie folgten.

De Bree ging nach Hause, allein. Keine zwei gingen zusammen. Bint begleitete alle.

DAS NEUE HALBJAHR

De Bree ging allein nach Hause. Es war eine Ladung Schnee gefallen. Der frisch angeknabberte Mond blendete. Alles stand still. Die Luft war kalt bis tief in die Lunge. Er war leicht vor Luft.

Nach zwei Tagen las er in der Zeitung über van Beek. Zu Hause eine Szene, van Beek weggerannt, eine Stunde ohne Mantel umhergeirrt, dann in eine Gracht gesprungen. Es wunderte de Bree nicht im Geringsten. Es war noch ziemlich belebt gewesen. Man hatte ihn gleich aus dem Wasser gezogen, nicht einmal ohnmächtig. Durchaus möglich, dass er den Tod eigentlich nicht gewollt hatte. Aber er starb im Spital sehr schnell an Lungenentzündung.

Seine Mutter ging zum Schulstadtrat. Alles kam ausführlich in die Zeitung. Im Gemeinderat wurden Fragen gestellt. Es lief auf Bints Schule hinaus. Unbeobachtet wurden drei Fensterscheiben eingeworfen. Bint ließ nichts von sich hören.

De Bree hätte gern einmal mit Remigius gesprochen. Aber Remigius kam nicht, und de Bree ging nicht zu ihm hin. Er gab seine Privatstunden, die weiterliefen. Er war in den Ferien ziemlich ausgebucht.

Es blieb winterlich. Kaum war der Schnee geräumt, fiel neuer. Oft drückte ein Ostwind auf sein Zimmer, der bis zum Ofen durchdrang. Wenn de Bree Wärme wollte, musste er sich draußen warm laufen. Er langweilte sich, es lag am Wetter. Er strengte sich nicht an und wurde davon müde. Er gähnte, hatte schmutzige Nägel, rasierte sich jeden zweiten Tag. Seine Pfeife verbreitete einen stechenden Geruch, er war in diesen Tagen ein Nassraucher. Wenn er Unterricht hatte, schweiften seine Gedanken ab. Manchmal rollte er sich ungeschickt auf sein Diwanbett und schlief am helllichten Tag ein. Wurde er wach, dann hatte er geträumt, er wusste nicht was, und er betrachtete befremdet seine zwei geballten Fäuste. Langsam entspannten sie sich. Wenn das Leben kein Kampf ist, ist es dann der Traum?, dachte er. Und er begann abermals zu gähnen und zu qualmen. Sein Zimmer wurde blau, der Hauswirt hüstelte nachdrücklich.

Bisweilen dachte er an die Putzfrau. Es war weniger, dass ihm nichts an Frauen lag. Er hatte nie näheren Kontakt mit ihnen gehabt. Seine Bewunderung für To Delorm war die eines Mannes für eine Frau. Das fühlte er sehr wohl. Das Leben konnte sicher besser sein als in so einem Zimmer voll Qualm. Aber doch nicht mit To Delorm. Er warf die Theorie seiner Asexualität meilenweit von sich. Aber To Delorm würde er niemals heiraten können. Wenn er ihr einen Antrag machte, würde sie sich garantiert freuen! Und er erst!

Er war inzwischen schon etwas klarer. Aber er blieb faul und drückte nur die Fäuste an seine Schläfen.

Am letzten Ferientag kam eine Nachricht von Bint. Die Lehrer wurden einbestellt, eine Stunde vor Schulbeginn.

De Bree richtete sich auf, ein Jagdhund voller Aufmerksamkeit. Dann stand er auf. Er stopfte eine neue, trockene Pfeife. Er tigerte hin und her, die Fäuste in den Hosentaschen. Er rasierte sich sorgfältig und kleidete sich für ein Gefecht und ein Fest. In die Schule kam er eine halbe Stunde zu früh. Die meisten waren schon anwesend.

DER AUFRUHR

Von sich erzählte Bint sehr wenig. Ob er das, was nun kam, ahnte oder wusste, wurde nicht bekannt. Hingegen wohl, dass er am Abend zuvor in der Schule gewesen war, und dass er ein Telefongespräch mit dem Kommissar der nächsten Polizeiwache geführt hatte. Einem ehemaligen Schüler.

Sie standen im Lehrerzimmer und warteten auf Bint. Sie schauten über den Platz. Der Schnee war zertreten und schmolz. Ein fleckiges Tigerfell aus Gelb mit Schwarz. Sie sahen schon ein paar Schüler.

Bint kam und befahl sie an den Tisch. Er war gemessen, ausdruckslos wie gewöhnlich. Er sprach.

«Es wird ernsten Widerstand geben. Anlass ist van Beeks Tod. Ich habe damit gerechnet. Van Beeks Tod ist nicht die Ursache. Die Ursache liegt in unserer Zeit, dem Schlechten darin. Diese Zeit hängt fanatisch an Parolen, eine so hohl wie die andere. Die Parole ersetzt das Prinzip. Für eine Parole läuft jeder Sturm, auch die Jugend. Jetzt will die Jugend Sturm laufen gegen die Schule, für die Parole einer Kameraderie mit den Lehrern. Sie will Sturm laufen gegen mein System. Es wurde in den Ferien noch einmal gründlich überarbeitet. Ich nenne keine Namen als den von Fléau, weil ich ihn schon öfter genannt habe und weil er der Haupttäter ist.

Van Beeks Tod ist ihr Panier. Van Beek ist mir egal. Als er noch lebte, war er mir egal, weil nie etwas aus ihm werden würde. Jetzt, wo er tot ist, ist er mir egal, weil mir ein früher Tod an sich nichts sagt. Das Leben eines Menschen birgt nun einmal Risiken. So weit zu van Beek.

Nun zur Schule. Ich begrüße die Schwierigkeiten, die ich erwarte, die kurz, nur ganz kurz, große sein werden – zumindest groß erscheinen werden. Die Schule wird daraus gestärkt hervorgehen. Erdbeben führt meist zu Bergbildung, und unsere Ehrfurcht gilt den Bergen.»

Bint lachte kurz auf.

«Ich mag keine Lyrik.»

Er schwieg kurz. Er sagte noch:

«Wenn es so kommt, wie ich erwarte, seid ihr bloß Zuschauer, aber aus der Ferne. Von draußen darf euch niemand sehen. Und hier greift niemand ein oder verlässt den Raum ohne meinen Befehl.»

Sie mussten lange warten. Auf dem Platz strömten die Schüler ungewöhnlich früh zusammen. Sie standen auch dichter beieinander. Es wurde gejohlt und gepfiffen, mehr noch nicht. Sie zeigten zu den drei kaputten Scheiben in der Fassade. Sie leerten Steine und Kiesel aus ihren Taschen und rollten sie in dicke Schneebälle.

Um diese Zeit waren die Arbeiter meist nicht mehr zu Hause, aber das Verhalten der Schüler weckte doch die Aufmerksamkeit ihrer Frauen. Die Fenster um den Platz wurden von Frauen und von kleinen Kindern belagert. Viele standen in der offenen Tür. Um fünf vor neun erhoben die Schüler ein Geheul. Das Schultor war aufgegangen. Die Hölle trennte sich von den anderen. Das Geheul nahm zu. Es gab erste Kampfhandlungen. Aber die schnelle Bewegung hatte die Aufrührer überrascht. Die Hölle war bereits in der Schule, bevor die anderen es begriffen. Die Starken beschützten die weniger Starken. Schattenkeinder wurde von zwei Teufeln flankiert. Die komplette Hölle war drinnen, und sonst keiner.

Die Lehrer hatten es gesehen.

Eine Klasse ist ein Wesen, dachte de Bree. Und er dachte, dass nun auch die anderen folgen würden.

Sie folgten nur ihrer Parole. Der Verrat der Hölle machte sie rasend. Sie ballten sich an einer Stelle zusammen, und die steingefüllten Schneebälle flogen Richtung Schule, hoch und tief. Es gab Rufe wie: «Freiheit, keine Strafe, wir rächen van Beek.»

Es wurde auf Bint und die anderen geschimpft, immer gemeiner. Scherben klirrten. Auf jeden Treffer folgte Geheul. Neugierige strömten auf dem Platz zusammen. Von der Polizei keine Spur.

Um neun Uhr schrillte die Schulklingel. Der Lärm des Aufruhrs orkante dagegen an. Später stellte sich heraus, dass Bint selbst geöffnet und geläutet haben musste, denn der Hausmeister war nicht da. Unter den Schneebällen splitterten ständig Scheiben. Die Lehrer brannten darauf, einzugreifen. Es war nicht erlaubt.

«Passt auf», sagte Donkers.

Die Aufrührer standen vorn beisammen. Dahinter, in einiger Entfernung, standen, noch vereinzelt, Leute. Dahinter war der Platz noch leer. Der Platz war groß. Über die Leere trabte eine Reihe in mäßiger Gangart heran. Die Polizei? Sie trugen keine Helme. Die Reihe spaltete die Gaffer und fiel dem aufrührerischen Block in den Rücken. Es war die komplette Hölle. Sie kam gerade rechtzeitig. Die Leute wollten gerade mitwerfen.

Hinten in der Schule lag der Turnsaal, mit Ausgang in eine Seitenstraße. Als Bint die Klingel schrillen ließ, hatte er der Hölle diesen Ausgang geöffnet und ihn wieder geschlossen. Zwei Minuten später hatte die Hölle den Aufruhr im Griff. Der Sieger stand von vornherein fest. Die Hölle hatte einen Willen. Die Übermacht der anderen war scheinbar. Die meisten von ihnen waren unschlüssig. Sie rannten wie die Hasen in die Schule. Einige, aber nur sehr wenige, liefen an der Schule vorbei in die Straßen davon. Der Rest hielt stand.

Aber die Hölle war sehr stark. Die Hölle schöpfte Kraft aus der gerechten Sache. Es wurde hart gekämpft, mit den Widerspenstigen machte die Hölle kurzen Prozess.

Es ist ein Meisterzug von Bint, dachte de Bree, der mit den anderen nun alles sah, denn sie hatten sich aus eigenem Antrieb an die Fenster gestellt. Es ist meisterlich. Männer können nicht gegen Jungen kämpfen. Das müssen die Jungen tun. Jetzt, wo es so lief, bekam es etwas Komisches. Das Publikum vergnügte sich, es dachte nicht mehr ans Werfen, es wurde kreischend gelacht. Schattenkeinder wurde zur Furie mit ihrer kaputten Tasche voll kaputter Bücher. Die standhielten, scheuten sich, gegen sie zu kämpfen. Die Tasche prallte auf die Köpfe. Endlich platzte sie beim Schlag auf einen Kopf. Die missbrauchten Bücher flogen umher. Das Publikum krümmte sich. Sie schlug weiter mit den Fetzen der Tasche.

Whimpysinger und de Moraatz kämpften einträchtig. Sie wählten die Größten der Fünftklässler und bekämpften dann einen zu zweit, Whimpysinger von oben, de Moraatz von unten.

Aber Bewunderung erntete der kleine Taas Daamde, die Figur aus dem Gruselkabinett, zwar berüchtigt wegen seiner Kraft, übertraf er sich doch selbst. Denn er lud sich einen riesigen, grobschlächtigen Fünftklässler auf den Rücken wie einen Sack. Sein Pressfleisch kannte von Natur aus keinen Schmerz. Er spürte weder Kniffe noch Faustschläge oder Fersentritte. Sein Fleisch war pure Kraft. Ohne Wanken erklomm er die Eingangstreppe und schleuderte seine Last über den Kopf in die Vorhalle, wie ein wurstiger Träger einen Sack in den Schiffsbauch.

Er kam zu einem neuen Kraftakt zurück, aber es war zu Ende.

Bint war kurz oben gewesen.

«Jeder in sein Klassenzimmer», sagte er zu den Wartenden im Lehrerzimmer. «Aber kein Unterricht und kein Wort, und keine Pause von zwölf bis zwei. Die Schule ist bis vier abgeschlossen.»

Bint stand nun wieder an der Tür und empfing die Hölle.

Er gab jedem die Hand.

«Männer», sagte er nur.

Und dann und wann:

«Männer.»

DANACH

Die Blumenklasse saß de Bree gegenüber, geschlagen, mäuschenstill. Fléau fehlte. In dieser Klasse waren keine Standhaften gewesen. Sie war beim ersten Anfall ins Haus geflüchtet. Die beiden Kret-Mädchen hinten ließen die Blütenköpfe hängen, schielten aber heimlich zu de Bree. De Bree sah niemanden. Er dachte an den Vorfall. Der eigentliche Aufruhr hatte ganze zehn Minuten gedauert, von fünf vor neun bis fünf nach neun. In der Klasse war eine Scheibe kaputt, auf der Fensterbank lagen Scherben, es war kalt.

Donkers, Bints Stellvertreter, wusste mehr als die anderen. Er hatte etwas durchsickern lassen. Der Hausmeister hatte die Adressenliste abgeschrieben und an Fléau verkauft. Daraufhin hatte Fléau in den Ferien alle Schüler aufgesucht, mit zwei Handlangern aus der fünften. Der Hausmeister bekam nun natürlich den Laufpass.

Bint war auch nicht unfehlbar, überlegte de Bree. Er hatte es auf eine Szene zwischen dem Hausmeister, dessen Frau und der Putzfrau angelegt. So hatte er den Hausmeister loswerden wollen. Er schien keinen Beweis gegen den Hausmeister als Zersetzer der Autorität zu haben. Nun hatte es sich durch van Beeks Tod viel einfacher ergeben. Der Hausmeister und seine Frau weg, Fléau weg, die Putzfrau auch, von sich aus. Nun noch ein paar Aufwiegler raus, und die Schule war gesäubert.

Aber vielleicht hatte Bint absichtlich den ersten Plan zugunsten eines größeren, des Aufruhrplans, fallenlassen. Er hatte ihn vielleicht provoziert. Er hatte vielleicht van Beeks Tod provoziert. Er hatte mit van Beeks Neurose nichts zu tun, aber vielleicht mit dessen Tod. Er war ein guter Stratege. Er hatte sofort seine Schlussfolgerung aus dem gezogen, was Keska über van Beek gesagt hatte. Er war ein guter Führer. Er konnte führen, ohne dass man es merkte. Er sagte nur:

«Es gibt keinen Grund, jemanden zu schonen, der Selbstmord ankündigt. Wo führt das hin?»

Die Frage hatte eine mächtigere Wirkung als ein Befehl. Er zwang damit seinen Willen auf, unmerklich. Nur Keska war ihm entglitten. Aber das war nicht Keskas Verdienst.

Und als er zu diesem Schluss kam, fühlte de Bree innerlich weder Vorwurf noch Reue. Das System der Schule ging ihm bereits über alles. Bint geht über Leichen, hatte Remigius gesagt. Das bekam eine ganz eigene Bedeutung. Nun, *er* ging auch über Leichen. Die Schule war nicht für die Schüler da. Es war Bints Traum, sein Land noch einmal so groß zu machen wie in der Vergangenheit. Er war ehrgeizig. Bint sagte:

«Es gibt keine schlechteren Patrioten als die, die von ‹unserem kleinen Land› sprechen.»

Zu Beginn hatte ein Schlag gehallt. De Bree hatte es kaum bemerkt. Es war wieder still. Und es gab nur anhaltende Geräusche irgendwo unten. Dann tauchte ein Mann hinter dem kaputten Fenster auf. Das brachte ein wenig Ablenkung, auch in den anderen Klassen. Mehrere Glaser standen an der Fassade. Bint hatte alles organisiert. Er bezahlte den Schaden aus eigener Tasche. Am Nachmittag war das Gebäude wie zuvor.

DANACH, DIE HÖLLE

Der Aufruhr war unterdrückt, die Schule gefüllt und untätig, Bint ging zu Donkers. Donkers wusste mehr als die anderen. Bint trug einen Vorschlaghammer. Donkers übernahm ihn schweigend. Zusammen gingen sie ein Stockwerk höher, den Seitengang bis zum Ende. Dort wohnte der Hausmeister. Sie blieben vor der geschlossenen Tür stehen. Donkers schwang den Vorschlaghammer, probierte kurz mit dem Stahl am Schloss, schlug mit einem Schlag das Schloss aus der Tür. Die Tür flog nach innen. Es hallte durch die Schule.

Dahinter stand der Hausmeister, angezogen. Sein laues, langsames Blut konnte nicht verhindern, dass er bebte. Zehn dicke Würmer wimmelten über seinen Bauch. Sein Kalbskopf tropfte, sein Kalbsherz klopfte. Seine Augen quollen Richtung Hammer.

Doch Bint unternahm nichts und stellte sich an die Wand, ebenso Donkers, ihm gegenüber. Und deutete mit dem Hammer. Und zwischen ihnen ging der Hausmeister wankend davon, zermürbt, mit durchgedrücktem Rücken, sterbensbang vor einem Tritt von hinten.

Sie durchsuchten die Wohnung. Keiner war mehr da. Der Hausrat sollte aufbewahrt, das Schloss repariert werden. Dafür sorgte Bint und bezahlte auch das.

Vor der Hölle saß To Delorm und lachte. Hier waren keine Scheiben zu ersetzen. Die Hölle saß unter vier kleinen vergitterten Fenstern aus armiertem Glas. Das Licht war rot und trübe. Im Keller war es warm.

Die Hölle rumorte. Die Hölle hatte die Eigenart, bei jedem Lehrerwechsel höllisch zu rumoren.

Die Hölle rumorte jetzt pausenlos. Dennoch hörte To Delorm den leichten, schnellen Schritt, und Bint stand neben ihr. Die Hölle rumorte weiter. Bint hatte einen Rohrstock in der Hand und etwas hinter dem Rücken. Er legte den Stock quer auf den Tisch.

Bint öffnete ein großes Etui mit Zigaretten. Sie waren besonders dick. Bint machte damit die Runde, gab auch Feuer. Der Radau nahm zu. Die Hölle war blau vor Rauch. To Delorm machte die Tür auf. Von da an toste der Höllenlärm wie eine Gasquelle ohrenbetäubend durch die Schule. Es war merkwürdig, dieses pausenlose, von einer Stelle ausgehende Getöse in einem grabesstillen Gebäude. Die Hölle blies den Rauch durch die Nase, inhalierte. Bolmikolke der Kalmücke hatte die Angewohnheit, den Rauch zu kauen. Der Geier van der Karbargenbok blies schöne Ringe um eine dicke Zunge. Er krächzte:

«Da geht er hin, dein Trauring, Schattenkeinder.»

Steijd erbat überall Asche und rührte in seinem Tintenfass einen Aschekeks. Er hatte seine helle Freude. Er war nahezu schwachsinnig.

Aber es kam auch zu Fechtereien. Whimpysinger trat nach de Moraatz. De Moraatz quiekte wie eine Ratte in der Falle. Er stach Whimpysinger eine Nadel durch die Hose. Whimpysinger heulte auf. De Moraatz schwenkte ein kleines Tröpfchen Blut.

«To, pass auf deine Hände auf», sagte Bint. Mit dem Stock gab er einen Hieb auf den Tisch und schlug das Schlimmste nieder.

Er sah sich um, ganz ausdruckslos, nur in seinem Blick war etwas, die Hölle sah es und kam nicht zur Ruhe.

Aber der Rohrstock war nicht mehr nötig.

Bint war stolz. Die 4D war sein vollkommenstes Werk. Hier war etwas Gefährliches und Unberechenbares, das ihn anzog. Hier war etwas Vertrautes, das ihn noch mehr anzog. Hier saßen so unglaubliche Halunken. Aber die 4D hatte ein hoch entwickeltes Verbundenheitsgefühl mit der Schule. Es hagelte hier immerzu Strafen, und keiner, der sich je beklagt hätte. Es gab einen Hang zur Zügellosigkeit, aber nie, kollektiv, einen Hang zum Widerstand. Die 4D griff nicht nach der Macht. Die 4D erkannte sein System an, verkörperte es.

Fléau hatte ihnen nicht beikommen können. Nach Vorstößen bei zweien oder dreien hatte er sich vorsichtig wieder zurückgezogen.

Bint hatte den kleinen Klotterbooke herbeizitiert. Dieser besaß in der 4D große Autorität. Klotterbooke hatte die Klasse zu Bint nach Hause bestellt. Einen Tag lang war er damit beschäftigt gewesen. Am Abend vor dem neuen Halbjahr war die ganze Klasse anwesend. Sie tagten bei Bint wie Männer. Es war kein Fest. Es war tiefer Ernst. Es gab nur eine Gesinnung. Und Bint war stolz.

Der Vorfall fand keine besonders große Aufmerksamkeit bei Staat und Presse. Sie hatten sich zur rechten Zeit erhoben. Und Bint trug doch persönlich den ganzen Schaden.

An diesem Tag kamen Fragen oder Anrufe von Eltern, wo ihr Kind bliebe zwischen zwölf und zwei. Zwei Lehrer gaben kurze Erklärungen, einer am Telefon, einer am Tor.

Die Hölle ging um zwölf Uhr und bekam den Nachmittag

frei. Die Strafe der anderen bestand aus in der Schule bleiben, ohne Essen, ohne Aufgaben, bis vier Uhr. Bint gab keine weitere Strafe, und er sprach auch nicht über den Vorfall. Er verbot den Lehrern, mit den Schülern darüber zu sprechen. Die Hasenfüße, die in die Seitenstraßen geflohen waren, wurden nicht mehr eingelassen. Die graue Klasse war merklich geschrumpft durch van Beeks Tod, und vier andere waren weg. Die Schule war nun sauberer. Mit Fléaus leerer Bank war die Blumenklasse de Bree etwas weniger zuwider. Fléau hatte einfach die Schule gewechselt, weil sein Vater ein so angesehener Bürger war. Außerdem war er einnehmend, er hatte ein hübsches Gesicht, und die harten Steine seiner Augen sah ein anderer nicht gleich.

VOR OSTERN

De Bree wünschte bisweilen, zehn Jahre weiter zu sein. Er wollte gern miterleben, was die Schule der Gesellschaft einbrachte. Dafür war es jetzt noch zu früh. Bint war erst vor fünf Jahren umgeschwenkt. Das hatte Remigius erzählt. De Bree glaubte an das System der eisernen Zucht, des blinden Gehorsams, der Entdeckung des Willens durch Unterdrückung, an Aufladung von Energie, Entladung von Energie, später, nach dem großen Vorbild der Schule.

Vor allem durch Remigius erfuhr de Bree frühere Aussagen von Bint. Sie waren bei allen ganz fest verwurzelt.

Bint sagte:

«Das Land ist voll, aber die Kolonien sind riesig, und das Meer ist frei. Eine starke Persönlichkeit findet noch Raum für Taten. Und übrigens, für die ist auch das eigene Land nicht zu voll. Denn sie schafft Raum um sich.» Die Schule war so eine, in der es keine besonders klugen Schüler gab. Der Klassendurchschnitt war hier höher, dort niedriger, aber die außergewöhnlich Begabten bekamen keine Chance. Bint hatte kein Interesse an außergewöhnlicher Begabung. Er sagte, dass er später in der Gesellschaft davon nie etwas gemerkt habe. Die außergewöhnlich Begabten früherer Jahre waren fast spurlos in der Gesellschaft aufgegangen. Sie waren gewöhnliche Familienväter geworden mit einer ordentlichen Stelle und Perspektiven – weiter nichts.

«Meine Erfahrung», sagte Bint, «ist die jeder Schule. Sie beweist, dass Schulunterricht und die Anforderungen der Gesellschaft schlecht zueinanderpassen. Man muss also eines von beiden verändern, die Schule oder die Gesellschaft.»

De Bree glaubte felsenfest daran, dass das neue System zu einer anderen Lösung führte. Aber er hätte seinen Glauben gern durch die Praxis bestätigt gesehen. Dafür war es noch zu früh. Er wünschte, zehn Jahre weiter zu sein.

Er ging ein paarmal in Museen. Er betrachtete die Männerköpfe auf alten Gemälden. Er nahm sie mit einer neuen Aufmerksamkeit wahr. Er sah niedrige, breite Stirnen. Aber was erbrachten die hohen von heute? All das Denken trennte doch von der Welt. Er sah auf den Gemälden breite Gesichter, selbstzufrieden, nicht bescheiden. Mit ihnen hatte die Welt rechnen müssen. Es war in letzter Zeit zu viel in die Höhe gedacht worden, man musste wieder in die Breite denken lernen.

Bint sagte:

«Ich verachte jeden, der sich mit unserem goldenen Jahrhundert brüstet. Die Bezeichnung ist eine Anklage für unsere Gegenwart. Wer sich für das Heute schämt, ist auf dem richtigen Weg.»

De Bree sah die Schüler genau daraufhin an, ob er in den Kindergesichtern vielleicht schon die breiten Kinnladen der Vorväter durchbrechen sah. Hier und da sah er etwas, das darauf hindeutete.

Er hatte viel gehört von Remigius, ging aber nicht vertraulich mit ihm um. Hier hatten keine zwei vertraulichen Umgang miteinander. Auch das war ein Prinzip von Bint. Er sagte:

«Wenn sich zwei Lehrer anfreunden, bringt das unvermeidlich eine Absonderung von den anderen. Das Kollegium kann nicht die geringste Spaltung dulden.»

Man ging durchaus einmal ein Stück zusammen. Man besuchte sich nie gegenseitig.

In der Osterwoche ließ Bint die Lehrer Klassenfahrten machen, mit dem Rad, ein Lehrer mit einer ganzen Klasse. Aber um die Hölle hatte es immer viel Streit gegeben. Bint teilte die Hölle immer in zwei Gruppen. Dann hatten zwei Lehrer eine Aussicht auf die Hölle. Das war auch besser so, im Hinblick auf die Zusammensetzung der Hölle. Die Schule verstand es nicht, nahm es aber hin. Es war schon seit Jahren so. Die Hölle kam nicht auf die Idee, sich für auserwählt zu halten, es lag nicht in ihrer Natur, über sich nachzudenken.

Remigius bekam diesmal die eine Hälfte und Nox die andere. Remigius sollte nach Zeeuws Vlaanderen fahren, und Nox nach West-Friesland. Für de Bree war keine Klasse übrig. Er war der Jüngste, er schied aus.

Aber zwei Tage vor den Ferien bekam Remigius ein Kind. Und de Bree bekam die Hälfte der Hölle. Er ließ sich von seiner Freude nichts anmerken.

Remigius war der Schule ferngeblieben. De Bree suchte ihn abends auf. Remigius, Bints eingedenk, empfing de Bree nur an der Haustür.

«Es ist mehr als einen Monat zu früh gekommen», sagte Remigius. «Aber es ist gut gegangen.»

De Bree stand linkisch da. Er hatte sagen wollen, dass es ihm für Remigius leidtue wegen der Reise. Er fand jetzt, dass er das schwerlich sagen konnte. Er überlegte, was er sonst sagen könnte.

Remigius machte Platz in der Tür. Er fragte:

«Willst du ihn kurz sehen? Winzig klein. Aber doch ein Junge.»

DIE FAHRT

Sie hatten sich abends in Bergen op Zoom getroffen. Sie verließen frühmorgens das kleine Hotel. Der furchterregende Haufen hatte den Hotelier beunruhigt. Aber de Bree bezahlte ordentlich das Logis.

Es ging weiter auf dem Rad, die zwölf barhäuptig, de Bree der Dreizehnte. Er meinte doch, die Besten zu haben.

Er sagte:

«Nun gibt's kein ‹Herr Lehrer› mehr, sondern einfach de Bree.»

Sie machten sich nicht viel daraus, und de Bree erwartete es auch nicht. Er wollte natürlich sein. Er dachte, dass Kameradschaft am besten ihrer primitiven Wesensart entsprach. Denn das hatte Bint nicht verboten. Hier durfte er sein wie sie. In der Schule würde er sie wieder knechten. Nach der Freiheit der Reise wäre der Sieg dann umso größer. Bint hatte es gesagt, vor fünf Jahren, als er umschwenkte:

«Ich habe überlegt, die Klassenreisen abzuschaffen. Ich tue es nicht, es wäre ein Fehler. Nach der Reise muss man die Zucht zurückerobern. So lässt man nicht nach. Es ist gut, dass die Reisen bleiben.»

Sie machten sich nicht viel aus der Kameradschaft. Sie waren so schwer zu überraschen. So waren sie nun einmal. Wut gelang ihnen noch am besten, und der Frau Schattenkeinder das Greinen.

De Bree lernte auch Stunden kennen, in denen sie still miteinander lebten wie ruhige Tiere.

Er hatte bestimmt den besseren Teil. Es gefiel ihm, dass der Flegel Voorzanger nicht dabei war.

Er begriff, dass das Paar Kiekertak – Taas Daamde nicht zu trennen gewesen war, auch nicht das Paar Whimpysinger – de Moraatz. Aber Kiekertak und Taas Daamde fuhren stumm und gleichgültig nebeneinander her, und zwischen Whimpysinger und de Moraatz kam es immer wieder zu Streitereien.

Es gefiel ihm, dass sich die Klasse nicht um ihn scharte. Er fuhr einmal hier, einmal da. Dennoch besaß die Gruppe eine instinktive Ritterlichkeit. Schattenkeinder fuhr nie allein.

Mit der Erschaffung des Menschen bekam die Erde Farbe, dachte de Bree.

Und er blickte über seine Teufel.

Da war der unsägliche braune Heuschreck Neutebeum. Seine Scharniere saßen locker, seine Glieder hingen hölzern herab. Er war steif und ruhelos wie ein Insekt. Beim Fahren hatte er trockene Grashalme im Mund. Er konnte seine Gelenke knirschen lassen wie die Pedale seines Fahrrads. Er sprang viel weiter als jeder andere und kam lautlos auf. Seine fettigen, in der Mitte gescheitelten Haare legten sich wie zwei Käferpanzer um seinen Schädel.

De Bree hatte noch Steijd, van der Karbargenbok, Punselie, Heiligenleven, te Wigchel und Surdie Finnis.

Te Wigchel war viel weniger schrecklich als Steijd, aber er war noch größer. Er hätte prächtig in eine Kneipe gepasst, hinter den Tresen. Ungeschlacht, plump schlingerte er auf seinem zu kleinen Fahrrad dahin. Die Knie reichten ihm bis ans Kinn. Sein Rad knirschte. Hände wie die von te Wigchel hatte de Bree noch nie gesehen. Sie waren zu breit für seine Taschen. Er grub mit ein paar Fingern darin oder erbat sich Hilfe. Aber Kraft hatte er wenig. Auf der Fahrt wurde er de Brees Sorgenkind. Er hielt nur mühsam mit. Aber er imponierte. Bei einem Sturz konnte er einen anderen beinah zerschmettern. Allein seine Ausmaße hatten beim Aufruhr beträchtlich geholfen.

De Bree dachte an Nox, der nun im Norden reiste. Nox mit Klotterbooke, der Dogge, die ein Wolf war, ten Hompel, dem grünen Nittikson, Bolmikolke, dem bandagierten Peert, vielen anderen. Nox würde auf düstere Weise Ordnung halten und Freiheiten zulassen. Seine Ohrfeigen schlugen zu Boden. Es war gleich wieder vergessen. Nox würde nie lachen, weder über noch unter der schwarzen Trennlinie seines Schnurrbarts. Seine Stimme kam immer aus dem Boden, auch unter freiem Himmel.

Dort im Norden bändigte er sie mit seiner Düsterkeit, seiner Schweigsamkeit, seinen Händen, seinem Herzen. De Bree wünschte, auch die anderen zu haben. Die ganze Hölle wäre ihm nicht zu viel. Und dann in der Schule die Bande wieder bei Fuß. Das wäre großartig gewesen.

Er dachte an Bint. Bint kam nie mit, er überließ das Reisen seinem Kollegium. Es schien ihm auch nichts für Bint. Bint hätte mit der ganzen Schule reisen können, nicht mit einer einzelnen Klasse.

Er dachte an To Delorm. Die war mit der Blumenklasse nach Ede. Eine fade Klasse, die brachte sicher nicht viele Männer hervor.

Er dachte an van Beek. Über ihn hatte man nichts mehr gehört. Er sah den nervösen Schwächling genau vor sich. Ein Mann wäre aus ihm nie geworden. Es war merkwürdig, dass so wenig über ihn gesprochen worden war. Ein Selbstmord, ein Aufruhr, das waren doch Ereignisse. Aber Bint hatte eine Art, das Reden, sogar das Denken zu verbieten. Er eliminierte Selbstmord und Aufruhr, jetzt, wo die Schule nicht mehr damit rechnen musste. Es wurde totgeschwiegen. Das gehörte zu seinem System. Nach dem System zählte das Individuum nichts, auf dass aus dem System Individuen hervorgezüchtet werden könnten. Wer die Zucht erlernte, der konnte später züchtigen. Die Schule würde nicht nur Riesen züchten, aber einige könnte sie hervorbringen. De Bree sah es noch nicht so wie Bint, aber es war möglich, dass die Hölle die besten Chancen dafür bot.

Er sah zu seinen Nachbarn. Punselie und Surdie Finnis waren eine Viertelstunde gefahren, ohne mit ihm oder miteinander zu reden. Surdie Finnis war in diesem Umfeld fast schön, mit einem Teint wie leuchtender Marmor. Und sein Haar war nach allen Seiten eine imposante, rostbraune Chrysantheme. Doch die hässlichsten Augen verunstalteten ihn, sehr klein, sehr grün, tief unter seiner Stirn eingeschraubt.

Und eine der bedrohlichsten Gesichtstypen hatte wieder Punselie, die Gesichtsknochen verlängert zu einem Wolfskiefer mit Sägezähnen, über denen sich schwärzliche Lippen in einem leisen Lächeln kräuselten, das Angst machen konnte. Offenbar ein Dégénéré. Und doch vielleicht ein kommender Riese, und vielleicht auch Surdie Finnis.

DIE FAHRT

Die zwölf standen kurz auf dem Damm im Krekerak und sahen über einen Meerbusen, die Bucht der Oosterschelde. Sie sahen viel an diesem Tag. Das umwallte Hulst, Axel auf einer Anhöhe, im Staub liegend, in der Ferne sich kräuselnde Straußenfedern des Löschwassers in Sluiskil, auf dem Fabrikgelände, und als sie dort angekommen waren, einen Nieselregen aus Ammoniak, der jedes Eisen zersetzte. In ihre Rücken drückte der Ostwind. Sie segelten auf das tief gelegene Philippine zu, sehr unscheinbar, sehr beklemmend, die Grenze passierten sie mehrere Male, und jedes Mal waren dort die schlechten Pflasterstraßen. Und Herbergen und Zollstationen voller Trostlosigkeit. Dann wieder trieben sie mit dem Wind durch die Lande, wie tief hintereinander fliegende Vögel.

Die Sonne war warm, der Wind war kalt. Der hellblaue Stahldom des Himmels war unsichtbar verschweißt. Der Mutterboden noch grobkörnig, ohne Bewuchs. Es gab ständig einen leichten Staubnebel, denn es hatte lange nicht geregnet. Es waren die letzten Märztage. Sie ließen sich ein paarmal am Straßenrand nieder, aßen Brote, tranken. Rasch erholt, spielten sie noch ein wenig. Van der Karbargenbok und Neutebeum rannten um die Wette. Van der Karbargenbok flatterte mit den Armen, sehr schnell, ein Geier mit gestutzten Flügeln. Neutebeum federte und sprang, er war der Schnellere.

Zwei Raubtierteufel begannen zu kämpfen. Ein dritter rief:

«He, de Bree, geh mal dazwischen!»

Aber er sprang selbst hinzu; es wurde ein Dreiergefecht, ein Knäuel.

De Bree ließ sie sich austoben, er rauchte am Wegrand seine kurze Pfeife, er sah nur zu. Te Wigchel stand auf, hinkte träge herbei, stürzte sich in den Kampf und erstickte ihn. Die Teufel brüllten vor Lachen. Kiekertaks entsetzlicher Mund war ganz nah. De Bree sah bis zum Zäpfchen. Tatsächlich, dieses Monster hatte zwei Gebisse, seine kompletten Milchzähne wuchsen in der zweiten Reihe. Die doppelten Reihen glänzten perlweiß, eisenhart. Die Phantasie der Naturvölker erschuf sich solche Riesengebisse für ihre Götzen.

De Bree sprach mit ihnen über die anderen Lehrer. Es traf ihn, dass sie Keska mochten, und Ridderikhof weniger. Vielleicht verachteten sie irgendwie dessen Anfälligkeit. Sicher hatten sie kein Auge für die Heroik, mit der er seinen schwachen Körper bekämpfte. Aber dafür waren sie schließlich zu jung.

Aber sie mochten den einen nicht sehr viel lieber als den anderen, und genau wie in ihren Arbeiten gab es auch keine großen Unterschiede in ihrem Denken. De Bree fragte sich, ob nicht gerade die Hölle von der größten geistigen Eintönigkeit war. Ob er sich nicht zu sehr von der unglaublichen Vielfalt ihres Aussehens blenden ließ. Ob in dieser Strafkolonie wirklich die Riesen der Zukunft steckten.

Und zum ersten Mal brachte er seinen Vorgänger zur Sprache, den Lehrer van Fleer, der von der Hölle weggeekelt worden war. De Bree hatte Gerüchte über ihn gehört. Er war überarbeitet, hatte dann in den großen Ferien noch promoviert, und war enttäuscht, weil er das erwartete cum laude nicht bekommen hatte. Remigius erzählte, dass Bint dies ganz ausdruckslos aufgenommen habe. Bint war eben keiner, der einen anderen tröstete, und überdies war seine Hochachtung vor der Gelehrsamkeit sehr gering.

Nach den Ferien war van Fleer der Hölle plötzlich nicht mehr gewachsen. Bint ließ es ihn allein ausfechten. Es waren unerhörte Dinge vorgefallen. Bint war blind und taub. Van Fleer verschwand.

De Bree fragte nicht nach den Vorfällen, wohl danach, was sie über van Fleer dachten. Über die Vorfälle sprachen sie nicht, aber sie lachten aus vollem Hals bei der Erinnerung an ihn. Sie dachten sich Plattheiten und Schimpfwörter aus, ohne jeglichen Witz. Sie waren nur grausam. De Bree ließ sie gewähren. Er hatte sie noch nie so rundum fröhlich gesehen.

Er gab ihnen auch gelegentlich etwas zum Nachdenken. Er sprach über die Straßen. Die Pflasterstraßen, die Klinkerstraßen und die Schotterstraßen waren unzeitgemäß. Die Entscheidung musste zwischen Asphalt oder Beton fallen. Der Beton würde bestimmt den Sieg davon tragen. Der Asphalt war zu künstlich. Er passte nicht zur sachlichen Ehrlichkeit der Zeit. Er war prätentiös, er kam nicht aus der Natur, er kam aus dem Schönheitssalon des Verkehrs. Er roch nach Friseur. Er war tot wie die Haut einer geschminkten Frau.

Der Beton war ungeschminkt. Er kam aus der Erde, er war die Erde, er war Erde auf Erde. Er war Stein unter den Rädern und unter dem Fuß, glatt, griffig, makellos. Er war eine Rüstung. Unter seinem Harnisch war die weiche Erde sicher gepanzert gegen den Ansturm des schwersten Verkehrs. Er lag sauber grauweiß im Land, und führte einen im Dunkeln. Unermüdlich, unempfindlich gegen die Jahreszeiten trugen seine gegossenen Platten Tag und Nacht.

Als sie wieder aufstiegen, hoffte de Bree, dass die Hölle nun eine gründliche Abneigung gegen das Pflaster hätte, dass aus ihnen Erbauer der neuen Straßen hervorgingen.

In der Dämmerung sahen sie links Aardenburg, baumumsäumt, und kurz darauf vor dem schon wie Schiefer grauenden Westen das Lichterfunkeln vom fernen Sluis.

In dieser Nacht stand de Bree, wie in der vorherigen, mehrmals auf, um nach den Teufeln zu sehen. Sie schliefen auf ein paar Zimmer verteilt, die einen in Betten, andere auf Feldliegen. Die meisten schliefen wie die Steine, einige unruhig. In Schattenkeinders Zimmerchen ging er nicht. Die Tür war auch jetzt wieder angelehnt. Sie wollte so nah wie möglich bei den anderen sein. Sie hatte das am Abend davor gesagt, unbeholfen, ohne falsche Scham, es hatte de Bree kurz getroffen.

DIE FAHRT

Die zwölf sollten noch durch Flandern fahren und einen Zipfel von Frankreich sehen. Die Route war zuvor festgelegt, und jeder hatte eine eigenhändig gezeichnete Karte. An diesem Tag ging es über Brugge auf Torhout zu. Für alte Städte hatte keiner von ihnen ein Auge. Die Natur nahmen sie gedankenlos in sich auf, die alten Städte sagten ihnen nichts. Das hatte sich schon am Vortag herausgestellt, als sie Interesse für die Ammoniakfabrik zeigten. De Bree fand das tief im Herzen schön. Sie waren Gewächse der Zeit. In Brugge lauschten sie mit offenen Mündern dem dröhnenden Glockenspiel, aber den Belfried sahen sie nicht. Schattenkeinder fand die Musik reizend und kam über das mädchenhafte Wort gar nicht aus dem Kichern heraus. De Bree machte mit dem Museum der Akademie noch die Probe aufs Exempel. Es gab dort viel zu schauen für seine Banditenbande. Sie nahmen nichts mit, schludrig schlurfend. Er führte sie zu dem Gemälde von Hieronymus Bosch voller Teufel, Ungeheuer, gequälter Menschen. Sie scharten sich andächtig. Er lächelte. Er konnte sie kaum wieder hinausbugsieren. Whimpysinger und de Moraatz machte das Bild ganz wild. Im Tor traten sie nacheinander.

Am Kanal fuhren sie dann einen schmalen Kiesweg entlang zu einer Ansammlung von Herbergen wie Mördergruben, Bloemendaale, und scharf rechts ab durch Waldland nach Torhout.

Unterwegs ließ de Bree noch anhalten. Und er sagte etwas über alte Städte.

«Was alt ist und der Mühe wert, gehört in eine Sammlung. Aber alt und neu vermengt, ist Unsinn. Ein Stück Altstadt kann notfalls ein Freilichtmuseum sein. Aber eine Stadt wegen ihres Alters zu schonen, ist Schwäche. Die mittelalterliche Halle in Brugge wurde nicht für die Augen erbaut, die von den Türmen auf ein paar hundert parkende Autos herabsehen. Das Auto oder das Mittelalter, nicht beides. Das Überkommene ist ein Fluch. Vielleicht laufen wir im Kreis, dann kommen wir von selbst zur Vergangenheit zurück. Aber wir sollten dort nicht verweilen wollen. Und wir dürfen hoffen, dass einst spätere Geschlechter unsere Bauwerke schleifen.»

Er ließ wieder aufsteigen. Der Ostwind drang bis ins Mark. Te Wigchel hatte einen bellenden Husten. Der barhäuptige Trupp fuhr weiter, den Wind im Rücken.

Am nächsten Tag ging es von Torhout nach Kortrijk, vor den Türmen der Broelbrug rissen sie die Augen auf, weil die so dick waren, und abends waren sie in Oudenaarden. Der Gegenwind auf den letzten Meilen wurde mächtig kalt. Der trockene Lehmboden staubte gewaltig. In einem Bogen plagten sie sich bergauf um die Stadt, die in der Senke dahinter ein wenig seitwärts lag. De Bree ließ anhalten, denn te Wigchel blieb zurück. Sie mussten eine Viertelstunde warten, bis er auftauchte.

In dem kleinen Hotel hielt er Kriegsrat. Er sprach mit ihnen wie mit Männern. Die Route müsse verkürzt werden wegen te Wigchel. Nicht viel. Nur morgen direkt nach Ronsse, und nicht auf dem großen Umweg über Meirelbeke bei Gent im Norden und dann nach Süden abbiegen über Beirleghem. Eine Fahrt von einer Stunde, nicht von einem Tag. Viel ausruhen, lange ausschlafen.

Er wusste, dass sie es nicht brauchten, aber te Wigchel brauchte es. Te Wigchel saß angeschlagen dabei und hustete. Er protestierte nicht, er war sehr müde und hatte überall Muskelkater. Das wurde in einer niedrigen Kammer besprochen, schmuddelig, uralt, um einen Tisch mit schmutziggrauem Linoleum. Die Gesichter waren alle ernst. Es wurde vom Plan abgewichen. Der Plan hatte ihnen nichts gesagt. Bint erstellte alle Pläne. Aber sie bekamen Achtung vor dem Plan, von dem jetzt abgewichen wurde. Der Plan wurde heilig. Aber es musste sein. Die Gemeinschaft siegte. Sie würden in Gottesnamen ausschlafen. Sie würden jedenfalls in ihren Betten bleiben und trödeln, bummeln, eine Stunde fahren, oft ohne Not ausruhen. Sie würden te Wigchel auch ziehen oder schleppen. Aber sie waren so stark, sie könnten bestimmt durchfahren bis zum Mittelmeer. Und weil es doch spät würde am nächsten Tag, blieben sie bis Mitternacht in der Raucherhöhle, deren Schmuddeligkeit sie nicht sahen. Sie rauchten Zigaretten, van der Karbargenbok blies rund um seine dicke Vogelzunge Trauringe zu Schattenkeinder hinüber. De Bree gab eine Runde rabenschwarzes Bier aus. Die Tür zum Schankraum stand offen, die Haustür ebenfalls. Am Ende tönte von dort ihr Gesang über den kleinen Platz. Es war nicht schön, aber ein tiefes Dröhnen erfüllte diesen Winkel der stillen Stadt. Ihre Bässe hielten kaum den Takt, nicht die Melodie. Sie waren nicht im Geringsten benebelt. Sie sangen einfach ein Lied, immer ernsthafter. Vielleicht hatten sie nie zusammen gesungen.

Schattenkeinder sang nicht mit, sondern lag da und prustete. Sie kümmerten sich nicht darum. Sie blieben ernst. Steijd hatte ein so kräftiges Vibrato, dass de Bree mitvibrierte. Einmütig war auch jetzt wieder das Paar Kiekertak – Taas Daamde. Sie sangen beide ein so tiefes Kontrafagott, dass kein Ton mehr zu erkennen war. Und natürlich bemerkte es keiner beim anderen.

Der Tag endete friedsam und festlich unter der Petroleumhängelampe, die sie ein bisschen rauchen und Ruß regnen ließen. Sie waren Großstadtpflanzen. Sie kannten kein Petroleumlicht. Es machte Spaß, an der Lampe zu drehen und die Flamme mit schwarzen Spitzen qualmen zu sehen. Es war ein ganz besonderes Erlebnis.

DER RUHETAG

War die Hölle gezeichnet durch größte geistige Eintönigkeit? De Bree machte in der Nacht wieder mehrmals seine Runde. Er hatte eine Taschenlampe. Er richtete sie an die Zimmerdecken. In dem schwachen Zwielicht lagen sie still da, schnarchten oder wälzten sich herum. Einer hatte seine Decke von sich gestoßen. Er zog sie gerade.

Morgens war er früh auf, wie immer. Vom Wirt hörte er, dass zwei weggegangen seien, bestimmt schon ein Stückchen weit.

«Mit dem Rad?»

«Mit dem Velo.»

«Wann war das?»

«Oh, schon vor zwei Stunden.»

De Bree ging nach oben. Eine steile Falte stand zwischen seinen Brauen. Er kam in die Zimmer. Alle waren wach. Sie hatten gebalgt oder gerauft. Sie hatten sich der Form halber wieder zugedeckt. Ihre nackten Zehen ragten unter den Decken hervor.

Er kam in ein Zimmer, in dem nur einer lag. Heiligenleven und Punselie waren weg. Van der Karbargenbok lag da und sah ihn an, Decke bis ans Kinn, darüber der Schnabel, kleine, düster glühende Augen.

«Und jetzt du.»

De Bree zog ihn an den Kopffedern aus dem Nest.

«Wo sind die beiden?»

«Weiß nicht.»

«Junge, wenn du es mir nicht sagst, kriegst du einen Tritt in den ...»

Er hielt inne. Der Geier stand da, wütend, gedemütigt.

De Bree begriff sekundenschnell, was in ihm vorging. Er wusste vielleicht nicht, wo die anderen hingegangen waren. Er hatte es zwar gesehen, aber er hatte nicht mitgewollt. Er hatte es gewollt, und doch nicht gewollt. Er fühlte sich gedemütigt, weil die anderen gegen die Gemeinschaft verstoßen hatten. Er war wütend, weil er nicht mit ihnen mitgegangen war. De Bree musste immerhin würdigen, dass das Gemeinschaftsgefühl gesiegt hatte. Selbst wenn der Geier ihr Ziel kennen würde, könnte er doch nicht petzen.

Der Geier starrte zu Boden. Hatten die anderen ein verlockendes Bild gezeichnet, von einer Reise in die Ferne, zum Mittelmeer, von unterwegs arbeiten und betteln?

De Bree war wütend wie der Geier.

«Zieh dich an», sagte er nur.

Sein Gesicht war weiß vor Wut. Er riss die Türen auf.

«Raus mit euch, Schlangengezücht», donnerte er.

Schattenkeinders Tür zog er rüde zu, hämmerte dann mit der Faust dagegen.

«Steh auf, du Kreatur!»

Er musste doch Ruhe bewahren. Er pfiff grimmig durch die Zähne, als er die Treppe hinunterging. In der Gaststube tigerte er auf und ab.

Von Punselie, dem Dégénéré, war dergleichen zu erwarten, aber sieh an, der kleine Heiligenleven mit seinem Kellenkopf aus nassem Kalk! Steckte in ihm ein Aufrührer? Und de Bree krümmte sich vor Scham, als er bedachte, dass dies mit Bints Schülern geschah, mit Bints vollkommenster Klasse. Wie sollte er davon berichten? Was sollte er tun? Er fluchte, dass es krachte.

Dann fluchte er noch lauter. Denn so etwas wäre Bint nie passiert. Oder machten die zwei Dreckskerle einfach eine Spritztour von ein paar Stunden? Ausgeschlossen. Sie waren weg, weg, weg. Und die anderen wussten davon.

Aber das stimmte nicht. Sie kamen unglaublich schnell nach unten, außer sich wie de Bree, schimpfend, tobend. Der Wirt kam dazu, verschwand aber sehr schnell wieder. Sie hatten inzwischen van der Karbargenbok eine Abreibung verpasst. Sein Schnabel war voller Flecken. Und das tat de Bree gut in seiner Wut. Nicht die Prügel für den Geier, sondern ihre Wut. Die zwei hatten sich gegen die Gemeinschaft versündigt. Sie sprachen es nicht aus, sie empfanden es so, sie waren außer sich.

De Bree hatte nach Bints Vorbild einen Rohrstock. Damit schlug er auf den Tisch.

«Maul halten, Bande!»

Der Lärm legte sich wenig. Er musste noch einmal klopfen. Gott im Himmel, was machte er für eine Figur vor Bint.

Er ging ruhelos hin und her. Er musste seine Gedanken sortieren. Wie waren sie gefahren? Der Wirt wusste es nicht. Sein Knecht im Stall, wo die Räder standen, wusste es nicht. Polizei? In der Umgebung herumtelegraphieren lassen? Wie sah das denn aus! Die anderen losschicken, in Zweiergruppen, hierhin, dahin? Er vertraute ihnen. Sie boten es von sich aus an. Er wies es zurück. Die zwei waren zu weit voraus. Die anderen würden sich nur verirren. Wer weiß, waren die beiden schon über die Grenze? Sie hatten Pässe, Fahrradkarten. Frankreich war nah. Zum Mittelmeer!

«Gottver ...», fluchte er.

Er sah van der Karbargenbok an. Er konnte es doch diesem Geier nicht aus der Nase ziehen? Er fühlte selbst einen inneren Widerstand gegen das Ausfragen. Zucht, eiserne Zucht, keine Inquisition. Und vielleicht wusste der Geier es nicht. Die zwei konnten seinetwegen zum ... usw. usw.

Er fluchte wieder. Sie übernahmen es schon.

«Gottver..., Gottver...», hörte er da und dort.

Dann donnerte er es wirklich heraus.

«Ruhe!»

Er fiel an den Tisch, halb darüber, den Kopf in den Händen. Er saß da wie hingeworfen, totenstill. Mit einem Mal war es totenstill. Alle schauten auf ihn. Totenstill standen sie um den Tisch. Sein Kopf war ihre Achse. Ihre immergleichen Gedanken waren wie Wagenspeichen mit ihm verbunden. Das fühlte er sehr deutlich. Es war das Einzige, was er fühlte. Nichts anderes ging in ihm um. Er war nur eine normale Achse.

Auf einmal war da noch etwas anderes. Es war kein Gedanke. Es war vielleicht eine Eingebung. Es kam nicht aus der Achse. Es kam nicht von den Speichen. Es kam von ganz woanders aus der weiten Welt. Er sah auf. Wie hässlich sie auch waren – sie erschraken vor seinem Gesicht. Es war finster vor Verdruss. Aber es wurde von etwas beschienen. Die Finsternis wich. Er wusste selbst nicht, wie ihm geschehen war. Er fühlte es später, er begriff es noch später. Er stand mühsam auf, er reckte sich einmal. Sein Blick war schon fast wieder normal. Als er sprach, war seine Stimme schon fast wieder normal.

«Frühstück!»

Sie unternahmen an diesem Tag sehr wenig, und in Sachen Flüchtlinge gar nichts. Sie trödelten mit dem Frühstück. De Bree aß noch mit dem größten Genuss. Eine leichte Blässe unter seiner Bräune war das Einzige, was ihm von diesem Tag blieb. Sie waren schlapp, kraftlos, schweigsam. Sie trotteten ein bisschen mit ihm durch Oudenaarden.

«Die reinsten Engel», spottete er.

Niemand grinste.

Mittags fuhren sie im Schneckentempo nach Ronsse. Die zwei wurden totgeschwiegen. Sein Gesichtsausdruck wirkte noch nach. De Bree fand Zeit, auf anderes zu achten. Er hörte te Wigchels Husten in dem Staub. Es blieb sonnig, trocken, kalt, mit Ostwind. Sie hatten keine Probleme mit dem Wind, aber te Wigchel hustete im Staub.

In Ronsse kam de Bree früh an. Er hatte ein Hotel am Platz. Es war das sauberste der ganzen Reise. Es hatte eine Empfangshalle. Die nächsten Stunden waren tödlich langweilig. Die ganze Truppe apathisch. Sie hingen in der Halle in den Sesseln. Die

Glastüren nach draußen waren geschlossen. De Bree stand an der Tür. Er rauchte unablässig. Die Dämmerung brach herein. Da, zwei liefen suchend an den Häusern am Platz entlang. Er drehte sich ausdruckslos um:

«Da sind sie.»

Der Trupp sprang auf.

«Hiergeblieben!»

Sie blieben, aber Schattenkeinder war schon verschwunden. Sie war spontan, sie war eine Frau. Sie war so spontan, dass sie de Bree zuvorkam. Die beiden waren jetzt ganz nah, schoben ihre Räder. Schattenkeinder stürmte auf sie zu, heulend. Kratzen, Ohrfeigen. Die Räder fielen krachend um. Sie schützten ihre Köpfe mit den Händen. Sie konnten doch kein Mädchen schlagen. Es war eine große Demütigung, vor aller Augen von einem Mädchen geschlagen zu werden, dazu noch zu zweit. Schattenkeinder hatte sie jetzt an den Haaren, so fest, dass sie die Köpfe zusammenknallen konnte.

«Nur zu», sagte de Bree zwischen den Zähnen.

Sie ließen sich gelassen strafen. Sie kamen voll blutender Schrammen herein. Sie wischten sie nicht ab. Sie schauten auf de Bree wie zwei Verbrecher. De Bree erwartete sie.

Er hatte es gewusst, gleich am Morgen bei Tisch. Es war nicht schlimm. Es war keine Flucht, sondern ein Abenteuer. Der Plan war den beiden schon zu heilig geworden, als sie von ihm abweichen sollten. Meirelbeke, Beirleghem, der große Umweg. So waren sie gefahren. Sie waren doch da, jetzt. Und er war froh. Aber er hatte sich Stunden damit gequält, wie er sie strafen sollte.

Dann war es gegangen wie mit dem Aufruhr. Die Hölle hatte

doch etwas sehr Merkwürdiges. Sie stand hinter dem Lehrer, sie trat für ihn ein, sie nahm ihm die Arbeit aus der Hand.

Aber er sah nicht auf Schattenkeinder. Er sah auf die zwei. Sie schauten und erwarteten ihre Strafe, von ihm. Er hatte einen gesegneten Tag. Wieder kam etwas über ihn. Er ging keinen Schritt auf sie zu. Sie standen zwei Meter entfernt. Er sagte sehr kurz und schneidend:

«Von jetzt an sagt ihr beiden Halunken Herr Lehrer.»

Hinter sich hörte er Flüstern. Er musste in sich hineingrinsen. Schattenkeinder greinte noch ein bisschen nach und kaute dabei auf nichts.

DIE FAHRT, DAS ENDE

Die zwölf fuhren tags darauf durch das hügelreiche Doornik. Die romanische Kirche sah de Bree schon von Weitem liegen, kompakt. Doch die Hölle wollte noch Dampf ablassen. Heiligenleven und Punselie wurden gegen eine Böschung gedrückt und dort noch einmal verprügelt.

«Herr Lehrer, Herr Lehrer», fiepte der kleine Kellenkopf um Hilfe.

Der Stiel seines Halses verrenkte sich in kuriosen Krümmungen.

De Bree fuhr stur weiter. Punselie war stärker und kämpfte tückisch. Kiekertak war sein Gegner. Die anderen hielten ein wenig Abstand. Es war eine Sache zwischen dem Wolfskiefer und dem Haigebiss. Kiekertak war einer der Stärksten. Er konnte den anderen niederdrücken. Hilfe eilte herbei. Der Wolfskiefer war jetzt unter Kniehöhe. In dem riesigen Kiekertak erwachte ein Blutrausch. Er bückte sich, um in den Nacken zu beißen. Seine Zähne hatte er nicht umsonst. Er hätte womöglich die Wirbel gebrochen. Sie waren der Gruppe weit voraus gewesen. De Bree kam dazu. Er sah es. Bestand Lebensgefahr? Vielleicht sah es nur schlimm aus. Aber er zog das Knäuel auseinander. Und er erschrak über die Gesichter, Punselies gelb, Kiekertaks scharlachrot bis in die Augen.

Er blieb in der Nähe, doch am Nachmittag war alles abgeflaut. Das Passieren der Grenze gab den Anlass. Der französische Zoll blickte misstrauisch auf das Raritätenkabinett. Aber die Papiere waren in Ordnung, die Nation galt als friedfertig.

Es kam ein bisschen Leben in den Trupp. Sie grinsten. In Frankreich zu sein, das war noch etwas anderes als in Belgien oder in Deutschland. Das hatte Klang!

Sie übernachteten in Roubaix, und am nächsten Tag überquerten sie auf dem Weg nach Yperen wieder die Grenze. Davor hieß de Bree sie anhalten. Das Industriepanorama musste sie fesseln, Tourcoing, Roubaix, weiter weg Rijssel. Im Morgenglast schimmerten rundherum die schmutzigen Schlote. Es fesselte sie.

Von dort an wurde der Weg zum Gähnen öde. In Ypern deutete de Bree auf die Kirche, blendend neu.

«Gotik aus dem fünfzehnten Jahrhundert», sagte er, «und der Mörtel ist noch nass.»

Es wimmelte von Engländern, in Autobussen und auf den Straßen. Es gab gar nichts zu sehen.

«Das alte Kriegsgebiet», sagte de Bree.

Es war der heißeste Tag der Fahrt. Der Kemmelberg lag weit links, durchtränkt von frischem Grün wie früher von Blut.

Sie fuhren weiter. Er zeigte auf einen Graben: die Yzer.

Am Abend waren sie in Veurne. De Bree musste gegen seinen Willen den uralten Platz bewundern. Die zwölf teilten seine Bewunderung nicht, sie betrachteten die vielen Autos auf der überfüllten Straße. Te Wigchel hing über seinem Lenker, trat im Stehen. Er hatte sich vermutlich einen Wolf gesessen, stritt jedoch alles ab. In der Nacht hustete er laut.

Der letzte Morgen war eisig, mit fahlem Blau und einem hundsgemeinen Wind mit Staub und Frost direkt aus dem Osten. Es war nicht daran zu denken, nach Breskens zu radeln und dann mit Schiff und Zug nach Hause. De Bree brach die Radtour ab. Hauptsächlich wegen te Wigchel. Er schlug es ganz allgemein vor. Er merkte keinen Widerstand. Die Fahrt am Vortag hatte sie gelangweilt. Nun ging es mit dem Zug nach Brüssel. In Gent luden sie selbst die Räder um.

In Brüssel gingen sie erst noch einmal ausgiebig essen. De Bree hielt eine kleine Rede, sie sollten tüchtig zugreifen und sich keinesfalls absentieren. Er sagte:

«Der Marktplatz hier ist schön im Sinne von historisch, aber bis ihr dort seid, müsst ihr durch zu viel Hässliches.»

Sie wurden nach dem Essen sehr laut. Steijd ließ sein Lachen dröhnen, wegen nichts, und zog alle mit.

Das Restaurant taugte nicht viel. Aber dieses rüde Spektakel beunruhigte doch.

«Nur zu», sagte de Bree am Tischende. Er rauchte seine Pfeife. Er blickte über die zwölf Haarschöpfe, die glatten, die wirren, die schlampigen, die verwilderten, Steijds schwarzen Viehpelz, Schattenkeinders ausgebleichte Strähnen, Neutebeums Käferpanzer, Surdie Finnis' einzigartige rostbraune krause Chrysantheme. Es ging zu Ende, es war geschafft. Und wieder vermisste er etwas. Er vermisste Klotterbookes Rosskastanienfarbe, Bolmikolkes Billardball, ten Hompels kurzes Doggenhaar und seine schwarze Maske.

Er vermisste viel. Eine kleine Weile rauchte er still vor sich hin. Bei glitzerndem Abendlicht waren sie in der Wohnstadt auseinandergestoben. Es hallte noch in ihm nach: Wiedersehn, de Bree. Und von den beiden Abenteurern: Auf Wiedersehen, Herr Lehrer – beschämt und gehorsam.

VOR DEM SOMMER

Am neugierigsten war de Bree auf Nox' Erfahrungen mit der anderen Hälfte der Hölle. Aber Nox war der geborene Schweiger. Er zwirbelte seinen Schnurrbart mit quadratischer Hand, er blickte düster.

«Zwei sind bei mir getürmt, aber nur einen Tag», sagte de Bree.

«So», sagte Nox.

«Bei dir nicht?»

«Nein.»

De Bree hatte den besseren Teil der Hölle gehabt. Trotzdem war dies bei ihm passiert. Bei Nox war das nicht passiert. Es war eine kleine Schande. Aber Nox ging schon so viel länger mit der Hölle um. Die Hölle wurde bei de Bree richtig zum Paradies. Es war meist sehr ruhig. Er kam ordentlich voran. Im ersten Moment hatte er Angst vor einem zu familiärem Ton, nach seinem Zugeständnis unterwegs. Die Befürchtung war unnötig. Die Fahrt war vergessen. Die Hölle lernte jetzt weiter, langsam und leidlich. Sie waren störrisch, verschlossen, zuverlässig, solange er Zucht ausübte.

Aber de Bree lernte ebenfalls. Es war in der braunen Klasse, die immer etwas voraus war, wo so viel gefragt wurde, wo ihm die Aufmerksamkeit so schmeichelte. Er hospitierte dort einmal bei Bint. Er erlebte befremdet, dass bei Bint nichts gefragt wurde, gar nichts.

De Bree dachte nach. Dann erinnerte er sich an Bints Worte: Der Lehrer darf nicht hinabsteigen, der Schüler muss aufsteigen.

Und er dachte: Das Fragen ist kein Anlauf zum Aufsteigen, das Fragen ist eine Einladung zum Hinabsteigen. Das Fragen ist immer ein raffinierter Versuch, einen anderen unter dem Anschein, zu ihm hinaufzusteigen, herunterzuziehen. Und er wurde wütend auf sich. Er war monatelang falsch vorgegangen. Er hatte absolut danebengelegen. Er rächte sich an den Braunen. Und er kam schwarz vor Zorn herein. Er sagte:

«Wer sich nicht auf das Antworten beschränkt, wenn ich frage, wer noch eine einzige Frage zu stellen wagt, sitzt einen Nachmittag nach.»

Sofort hoben sich Finger:

«Warum?»

Grimmig notierte de Bree drei Namen.

«Nur zu», sagte er.

Es wurde sein Lieblingswort. Die Klasse war einen Augenblick wie vor den Kopf geschlagen. Sie versuchte, ihm zu folgen. Aber sie konnte sich bei ihm das Fragen nicht so schnell abgewöhnen. Aus dieser fleißigsten Klasse hatte er in den nächsten Wochen regelmäßig Nachsitzer, einmal sogar sechs.

In dieser Zeit hatte er noch einige weitere kleine Kümmernisse. To Delorm schien ihm verändert. Er konnte es nicht bestimmen, aber etwas war anders. Kam es von der Fahrt mit der Blumenklasse durch Gelderland? Genau die richtige Gegend für diese langweiligen Schleimer, die er nicht mochte, aus denen kein einziger Mann hervorgehen würde.

Er fragte nach ihrer Erfahrung. Sie war nicht mitteilsamer als Nox. Eines Nachmittags im Lehrerzimmer sagte sie plötzlich:

«Nach den Sommerferien verlobe ich mich. Ratet, mit wem?»

Alle wandten sich ihr zu. Sie lachte nicht strahlend mit ihren schönen Zähnen, sie lachte einnehmend.

«Mit Bint», sagte Keska grob.

Nun lachten alle, auch To Delorm.

«Es war eine rhetorische Frage», sagte To Delorm, «ihr kennt ihn nicht.»

De Bree konnte verhältnismäßig natürlich mitlachen. Es saß gottlob nicht besonders tief. Doch auf Keskas Grobheit war To Delorm errötet, gegen ihren Willen. Das gab ihm doch einen Stich.

Er rächte sich in der Blumenklasse, in die er nun musste. Er rächte sich an den unschuldigen Schwesterchen Stientje und Mabelle Kret. Sie hatten sich winzige, kindliche Schelmenblicke zugeworfen. Grob rieb er ihre Köpfe gegeneinander. Und absichtlich sehr grob sagte er:

«Was seid ihr doch für zarte Mägdelein.»

So, so, To Delorm verlobte sich nach den Sommerferien. Aber sie würde doch noch dieses Jahr bleiben.

«Verlässt du uns, To?», hatte Remigius gefragt.

Und sie böse:

«Was denkst du denn!»

Ja, de Bree verstand, sie ließ Bint im letzten Jahr nicht im Stich, sie blieb ihm treu, sie half ihm weiter dabei, Männer abzuliefern.

Mit Selbstspott fand er innnerhalb weniger Stunden seine Tatkraft wieder. Er asexuell? Doch ein ziemlich hübscher Kerl.

In diesen Monaten gab es allerhand Störungen. Es ging auf den Sommer zu. Eines Abends, als er von sieben bis zehn Nachsitzer hatte, war der Schotterplatz voll. Im toten Geäst des Musikpavillons hatten sich prächtig bunte Vögel niedergelassen. Der zwitschernde Waldchoral ließ nicht auf sich warten. Die Mittwochabende der Polizeikapelle waren gekommen. Die Müßiggänger wirbelten den Staub vom Boden auf. Hoch in der Luft funkelte er wie Goldflitter im späten Licht. Und dazwischen schneite leise ein feiner Fabrikruß herab. De Bree sah sich den Trubel vom Lehrerzimmer aus an. Mit gerunzelter Stirn. Er sah machtlos zu. Es beklemmte ihn. Er war böse, und er fand es trist. Die Bläser füllten mit mächtigen Zügen Staub und Ruß in ihre Lunge. Der Lärm erfüllte die ganze Schule. Die Nachsitzer wurden unruhig. Er musste seine drohendsten Augen machen. Um zehn Uhr war er geschafft, gleichzeitig mit den Musikanten.

Und de Bree passierte noch etwas. Eines Abends sagte seine Zimmerwirtin, dass ein Mann an der Tür stünde, der heute schon zweimal da gewesen sei.

Warum sagst du das erst jetzt?, dachte de Bree. Aber er war nicht zum Streiten aufgelegt und ging schweigend nach unten. Es war schon beinahe dunkel. Vor der Tür stand jemand, den er zuerst nicht erkannte. Es war der verjagte Hausmeister. Seine Molligkeit war verschwunden. Er sah zwanzig Jahre älter aus. Er trug die Lumpen eines Landstreichers von vor dem Krieg. Er sagte:

«Herr de Bree, ich habe nichts anzuziehen und sterbe vor Hunger. Unterstützung vom Staat bekomme ich nicht. Sie wissen, weshalb. Wenn Sie vielleicht was für mich übrig hätten, nur eine Kleinigkeit.»

De Bree hörte kaum zu. Er sah hinter dem Hausmeister düster das totenbleiche, schwarze Geschöpf mit den groben Zähnen. Es lachte ihm gehemmt und wissend zu. Es lebte nun mit dem verjagten Hausmeister zusammen. Bint hatte es richtig erfasst, aber sein Handeln war vergebens gewesen. Und de Bree wurde wütend, weil das Geschöpf lachte. Er dachte an den spöttischen Funken in Bints Auge, zweimal. Es war vielleicht nicht schlimm gewesen, aber im Grunde doch unwürdig. Er war zu Recht gedemütigt worden. Sie war die Ursache. Grob fiel er dem lamentierenden Mann ins Wort.

«Was bildest du dir ein, Mensch, bist du wahnsinnig? Trau dich ja nicht, noch mal zu kommen. Keinen Cent kriegst du, nicht mal 'nen löchrigen Schuh. Und wenn du hier noch mal auftauchst, schmeiß ich dich raus, verstanden?»

Der Mann wurde merkwürdigerweise nicht böse auf ihn, sondern auf Bint.

«Mir geht's um den Direktor», sagte er mit unterdrückter

Wut. «Es ist alles Bint seine Schuld. Aber er kriegt's noch heimgezahlt, so wahr wird …»

«Hol dich der Teufel, Mann», schnauzte de Bree und knallte die Tür zu.

DER ABSCHIED

Wenn de Bree tief in sein Herz blickte, war er phantastisch und romantisch. Er wollte Abschied nehmen von der Schule, die er mit den Ferien endgültig verlassen sollte. Er war noch kein ganzes Jahr Lehrer, er war nur befristet, er ging wieder fort, aber er konnte sich nicht ohne Weiteres trennen.

An diesem Morgen kam er früh. Um noch allein zu sein. Die Schule wurde abends geputzt, der neue Hausmeister war nicht in die Dienstwohnung des alten gezogen. Er war allein.

Er ging zuerst nach oben, wo so viele Räume ungenutzt standen. Sie waren ausgeräumt oder abgeschlossen. Es gab den großen Saal mit dem Museum der vergangenen Dinge. Schränke, Vitrinen. Verstaubte Kristalle, verfärbte Spezereien, verblasste Holzmuster. In Glasgefäßen schwammen in einer braunen Brühe Trauben, Stängel, Stöckchen. Das surinamische Grünkernholz sah nicht mehr besonders grün aus, das Violettholz war verblasst. Es gab ein Schränkchen mit Giften hinter zwei Glastüren, beide mit Hängeschloss. Sie wirkten vermutlich nicht mehr, sie hatten eine gutartige Farbe. Bint ließ wahrscheinlich alles verstauben, er machte sich nichts daraus, es war nichts für ihn. De Bree hatte dort nie einen Schüler gesehen. Das alles musste eine

Hinterlassenschaft von Bints Vorgänger sein. Es war uralt, urunwichtig. Die Jugend las die Wissenschaft nicht am Staubigen, Farblosen ab.

De Bree ging ein Stockwerk tiefer. Dort waren drei Klassenzimmer, wo er noch nie gewesen war. Dort saßen die Fünftklässler. Er hatte ihnen nie große Aufmerksamkeit entgegengebracht. Er unterrichtete dort nicht. Und die Viertklässler waren schon schwer genug zu verkraften. Jetzt, fast am Ende, sollte die fünfte seine Aufmerksamkeit besser nicht auf sich lenken. Es wäre eine oberflächliche Arbeit, ohne Sinn. Er hatte genug zu tun mit der vierten.

Und er kam in den Raum der grauen Klasse. In einem Winkel seines Kopfes hing noch das Bild des Hängeschränkchens mit den Giften. Er dachte an den Tod. Über den Tod dachte er an van Beek. Dort hatte van Beek gesessen. Er erinnerte sich wieder sehr gut an van Beek, ein Nervenkranker mit bebender Schrift. Monatelang hatte er nicht an ihn gedacht. Es wurde nie über ihn gesprochen. Aber heute war de Brees Allerseelen. Er dachte kurz an den verstorbenen van Beek. Dann nach unten. Im einen Flügel Labor und Bibliothek für die Schüler. Diese Bücher hatte Bint ebenfalls geerbt. Damit war es nicht weit her. Nichts Besonderes. Es gab wenig Nachfrage. Ridderikhof, der für die Ausleihe zuständig war, schaffte es mit links. Remigius hatte erzählt, dass Bint in den ersten Jahren etwas hätte dazukaufen dürfen, aber er hatte nie in der Gunst gestanden, und nachdem er sein System eingeführt hatte, gab es für Ankäufe schon gar kein Geld mehr. Anderswo war es besser. Dort hatten die Lehrer auch die neuesten Bücher. Hier war die Lehrerbibliothek genauso veraltet wie die der Schüler. Es war kein

Geld da, nie. Aber anderswo waren die Schulen die reinsten Paläste, mit Wänden aus glasierten Fliesen, mit Gummiböden, manche mit gemauertem Aquarium oder einem Palmengarten.

Es war egal. Bint kam ohne diese Hilfsinstrumente aus. Er würde mit seinen Hünen den alten Kasten zugrunde wohnen. Und später erkannte man dann die Männer von Bints Schule.

Es war ein Abschied, de Bree ließ kein Klassenzimmer aus.

Er war in der braunen Klasse gewesen, in der Blumenklasse. Ohne das künstliche Licht, nur mit dem Zwielicht aus vier hohen, vergitterten Oberlichtern, war die Hölle fast schwarz. In der Turnhalle, am Ende des anderen Flügels, federte der Boden wie ein Sprungbrett im Schwimmbad. Die Bodenbalken waren morsch. Es war ein sonnenloser Winkel, ganz abgelegen, wo nie geheizt wurde. Unter dem Fußboden musste es schimmeln. Dort stand bestimmt Grundwasser. Es roch nach modrigem Schimmel. De Bree fühlte sich ganz plötzlich verlassen. In den Ecken lag abgeblätterter Kalk, die Mauern schwitzten Salpeter aus.

De Bree kam zurück in die stille, abweisende Halle. Er machte seinen letzten Besuch. Er öffnete Bints Zimmer. Hinter dem Schreibtisch saß, still und aufrecht, Bint. Seine Knochenhand lag auf der Tischplatte. Er saß, als sitze er der Lehrerkonferenz vor. Er tat nichts. Er bewegte sich nicht, er blickte kaum zu de Bree. Er sah durch seine übliche Brille aus Blut.

«Oh, Verzeihung», sagte de Bree.

Bint gab keine Antwort. De Bree schloss die Tür und ging nach oben. Er rauchte ein paar Pfeifen. Er hatte noch eine Stunde Zeit.

Seine Abschiedsgedanken machten ihn vielleicht sentimental. Bints Anwesenheit dort unten beklemmte ihn irgendwie. Er oben, Bint unten in dem leeren Gebäude.

PRÜFUNG

Die Schule war in dieser Zeit sehr tüchtig. Es musste keine Zucht ausgeübt werden. Die Ordnung wahrte sich von selbst.

Zyklone, dachte de Bree, sind die Sturmgebiete, Antizyklone sind ihr Gegenüber, die Gebiete von hohem Druck und Stille.

Die Schule lag im Antizyklon der Abschlussprüfung. Es gab drei Prüfungskommissare. Bint verschwand hinter ihnen. Das Schriftliche war in der Turnhalle. Draußen war es Sommer, drinnen muffig, aber trotzdem kühl. Die Prüfungskommissare kamen selten dorthin. Sie saßen meist beim Mündlichen in den Klassen. In solchen Klassen saßen ein Lehrer, ein Schüler, ein Prüfungskommissar. Die Fünftklässler irrten zu sonderbaren Zeiten durch die Flure.

De Bree hatte keine Prüfungen abzunehmen, doch laut Stundenplan bezog er bisweilen Posten in der Turnhalle.

Er blickte über die 65 Schüler. Die meisten hatten ihren besten Anzug an. Das waren nun die Fünftklässler, um die er sich nicht gekümmert hatte. Dort saß der Hüne, den Taas Daamde beim Aufruhr wie einen Sack in den Bauch der Schule geschleudert hatte. Was würden die Prüfungskommissare nächstes Jahr für Augen machen – dann hatten sie die Teufel vor sich. Würden die Teufel dann genauso fiebrig sein wie die hier? Nein, sie würden gleichgültig arbeiten, gerade eben ausreichend.

De Bree musste wieder an den Aufruhr denken. Da saßen nun alle, die mitgemacht hatten. Wie schnell folgte dieses Geschlecht einer Parole, wie schnell ließ es von ihr ab! Er hatte nie genauer darüber nachgedacht, wieso das auf Bints Schule möglich gewesen war. Es war einleuchtend, gerade auf dieser Schule. Sie waren nicht mit Zucht aufgewachsen. Sie hatten jetzt fünf Jahre Schulzucht hinter sich, doch was galt bei ihnen zu Hause? Die meisten waren Kinder aus dem kleinen Mittelstand, es waren auch Kinder von Vorarbeitern dabei, deren Ideal es war, wenigstens einen Sohn studieren zu lassen. Sie kamen meist aus Milieus voll Sorge und Not, die Eltern versagten sich viel, um sie lernen, um sie noch nicht verdienen zu lassen. Das Milieu war für gewöhnlich ganz anständig, nicht weniger, nicht mehr. In diesen Familien voll Sorge und Not verkehrten Eltern und Kinder auf Augenhöhe. Es gab keine Zucht. Fehlende Zucht war die Schwäche des Jahrhunderts. Das Jahrhundert, das das Kind erfand, hegte es wie eine neue Erfindung, bestaunte sein Wesen. Die Welt hatte sich früher nicht um die Kinderseele gekümmert und sich trotzdem weitergedreht. Der Erwachsene machte keine gute Figur, wenn er sich niederkauerte, um auf einer Höhe mit dem Kind zu sein.

So war es nicht nur in den Familien voll Sorge und Not, sondern überall. So war es in der Familie des vornehmen Fléau, der wenigen anderen Schüler aus den wohlhabenden Kreisen, die hier ihr Kind für den Handel großziehen ließen, der Tradition halber. Bei Fléau zu Hause gab es auch keine Zucht, de Bree fühlte das genau. Nivellierung, Aversion gegen Differenzierung untergruben die moderne Familie. Und die Familie galt als Grundstein der Gesellschaft.

So stand Bint mit seiner Zucht schließlich allein da, vierzig Wochen im Jahr, sechs Tage in der Woche, fünf Stunden an einem Vierundzwanzigstundentag. Es erklärte die Rebellion eines suchenden Geschlechts.

Und de Bree ließ sein Auge über die Menge schweifen. Sie war fünf Jahre in der Zucht aufgezogen. Wo steckten die Riesen? Die Riesenzucht ging weiter. Bei diesen hier, die jetzt den gewohnten Anblick von Prüflingen boten, war er sich sicher. Denn das Examen war vom Gesetz vorgeschrieben. Kein Lehrer konnte sich dem mit Leib und Seele verschreiben. Der Prüfling wurde nicht auf Riesenzucht geprüft, er zeigte sich in der Prüfung von seiner menschlich schlechtesten Seite.

Ein Examen ist der große Fluch unserer Zeit, dachte de Bree. Ein einziges Wort von Bint sollte reichen: Ja oder Nein. Und bei allen, die hier saßen, würde es Ja lauten. Denn sie hatten ihr erstes Zeugnis überstanden.

Mittlerweile hatte de Bree die Versetzungsarbeiten für seine eigenen Klassen hinter sich. Das war nichts Besonderes. Es war hier so üblich, wie bei den früheren Zeugnissen. Was ihn betraf, würden alle Viertklässler Fünftklässler werden.

Die Fünftklässler bestanden alle. Die Prüfungskommissare waren nach einer Abendsitzung mit Bint und den Lehrern gegangen. Am Mittag darauf warteten die Fünftklässler auf das Ergebnis. Sie warteten in der Turnhalle. Dort waren nun drei andere Herren, aus dem Gemeindeprüfungsausschuss. De Bree hatte schon früher gelegentlich einen in der Schule gesehen. Neben ihnen stand Bint. Hinter Bint standen die Lehrer.

Vor ihnen stand wissbegierig der Trupp und schaute gewollt gleichgültig. Der Wortführer der Kommission war ein alter Herr. Seine Stimme flackerte. An einem Pult verlas er die Namen der Fünfklässler. Er schien es darauf anzulegen, alles falsch auszusprechen. Er radebrechte verschiedene Namen. Das versprach einiges für das nächste Jahr mit den Teufeln. Man verstand ihn trotzdem. Mehr und mehr Gesichter ihm gegenüber hellten sich auf.

Die Liste war durch. Er plauderte unterhaltsam über Schule und Gesellschaft. Man hörte noch pflichtschuldig zu. Es herrschte Zucht.

Bint stand nicht direkt neben den dreien. Er stand ein wenig abseits, ein wenig zurück. In diesen Tagen war er nicht der Erste der Gemeinschaft.

De Bree, der hinter ihm stand, hörte dem Sprecher nicht zu. Er sah auf Bints Rücken. Bint stand da, kerzengerade, stockmager. Die Hände lagen auf seinem Rücken wie ein knochiges Geflecht. Die Handflächen waren gefurcht, altersbraun, wie Holz, das beim Altern nachdunkelt. Er war der Älteste und der Aufrechteste. Er bewegte sich ganz leicht.

De Bree sah es mit einem Mal. Bint stand totenstill, er schaukelte kurz vor, zurück. Er war ein Blatt, überempfindlich für den leisesten Luftzug, der Menschen entgeht. Ein eiserner Wille, kein eiserner Leib. Ein schaukelndes Blatt. De Bree fühlte, dass er etwas entdeckt hatte, was nicht sein durfte. Es war beklemmend, vage und nötigend.

FERIEN

Mit der Entscheidung über die Versetzung der vierten Klasse war es nach einer Stunde vorbei. Es war an Bints Schule Usus, dass nur über das Halbjahreszeugnis grundsätzlich diskutiert wurde. Alle Viertklässler wurden versetzt. Es hätte Probleme mit einem aus der grauen Klasse gegeben, der vor einem Monat erkrankt war. Aber Bint hatte die Nachricht bekommen, dass er von der Schule genommen werde.

De Bree verabschiedete sich absichtlich nicht von den Kollegen. Er ließ sie in dem Glauben, dass er im Herbst wiederkäme. Er unterstellte zumindest, dass sie das dachten, weil sie nicht mit ihm darüber sprachen. Er meinte, dass er gelegentlich diesem oder jenem von seinem Plan erzählt hatte, nur das eine Jahr zu bleiben. Sie hatten es bestimmt vergessen. Das war nur gut so. Abschiednehmen, Händeschütteln konnte er nicht ausstehen. Ein offizieller Abschied von To Delorm schien ihm schon sehr schwierig. Er verschwand lieber. Sie gingen einfach auseinander.

Bint kannte natürlich seinen Plan. Bint bat ihn beiläufig zwischen den anderen Lehrern:

«Komm ein Stück mit mir.»

Dann gingen sie zusammen. Der Nachmittag war von einer drückenden Unheimlichkeit. Dunkle Schäfchen ballten sich am Gewitterhimmel zusammen. Keine majestätischen Donnerköpfe. Die Wolken waren winzig, jede für sich, aber sie drängten sich zu einer beängstigenden Macht zusammen. Es verfinsterte sich zusehends. Die Städter schwitzten beim Gehen. An de Brees Ohren rannen schweißige Schneckenspuren entlang. Bint spürte keine Hitze. Er ging schnell und leicht in seinem grauen Anzug, de Bree trottete mit.

Es würde ein böses Gewitter werden, Wetterleuchten flammte immer wieder über Bints graues Gesicht, aber noch trommelte und regnete es nicht.

«Wenn du bleiben willst», sagte Bint, «brauchst du nichts zu tun. Du wirst automatisch verlängert.»

De Bree in seiner Abschiedsstimmung verfiel seinerseits in die vertrauliche Form.

«Nein, Bint, in gewisser Hinsicht möchte ich es schon, aber du kennst mein Vorhaben. Es war nur dieses eine Jahr geplant. Du weißt, ich habe andere Ambitionen.»

«Dann musst du einen Kündigungsbrief an den Schulstadtrat schreiben», sagte Bint lakonisch.

Kurz lag ein Silberglanz auf seinem grauen Bocksbart.

Sie gingen weiter, ohne etwas zu sagen. De Bree verstand durchaus, dass Bint ihn deshalb aufgefordert hatte, aber Bint bohrte zum Glück nicht weiter. Es passte auch nicht zu ihm, zu bohren. De Bree wusste es zu schätzen, allerdings wurde das Schweigen drückend. Als de Bree eine Antwort gefunden hatte, sagte Bint:

«Ich muss jetzt rechts ab, leb wohl.»

Und er bog in eine stille Seitenstraße. De Bree sah das Wetterleuchten auf seinem grauen Rücken spielen. Dann war er an der Straße vorbei.

Noch bevor er zu Hause war, wusste de Bree, dass er nicht mit sich zufrieden war. Musste er für die anderen Ambitionen diese einmalige Schule fallen lassen? Der Plan, nur ein Jahr zu bleiben, war wie ein Bandwurm, der sich in ihm festgesetzt hatte. Das Bild fiel ihm ein wegen des Widerwillens, den er gegen sich selbst empfand.

In der Kühle des Abends nach dem Gewitterschauer beschloss er, unparteiisch mit sich selbst zurate zu gehen. Die Wissenschaft – oder die Schule. Beides, das ging nicht. Er schrieb langsam, leicht abgelenkt. Neben seinen Privatstunden konnte er nur die Wissenschaft oder die Schule haben, nicht beides.

In Hemdsärmeln setzte er sich ans offene Fenster, um sich sein Manuskript nochmals vorzunehmen. Reinheit erfüllte das Zimmer. Sein Geist war kristallklar. Wie ein anderer las er die Einleitung über Anna Maria van Schuurman und die Labadisten. Er hatte nicht mehr daran gearbeitet, sich nicht mehr darum gekümmert, nicht darüber nachgedacht, all die Monate. Es war sehr seltsam. Es war seltsam, weil es so belanglos war. Oder, eigentlich war es nicht belanglos, denn es gab da und dort durchaus gute Gedanken, aber es war mangelhaft ausgedrückt. Man musste nicht immer etwas Neues sagen, aber man sagte es im Ton seiner Zeit. Der altbackene Stil – war das der Ton seiner Zeit? Er hatte es auf der Schule sofort gespürt, die Sakkaden, das Synkopische. Das steckte auch in ihm. Er konnte es mündlich ausdrücken, nicht schriftlich. Er gehörte zu den Zahllosen, deren Geist jegliche Wendigkeit verliert, sobald sie die Feder führen. Die Feder führt sie. Er war einer von ihnen, noch. Es musste erst ganz anders werden. Wenn er Jazz als

Prosa schreiben könnte, dann würde es gehen. Die Wissenschaft in Jazzsynkopen. Historiker und Künstler zugleich.

Aber er war doch der Vater dieses Kindes, er liebte auch sein hässliches Kind, er vernichtete es nicht mit großer Geste, er räumte es einfach weg. Er würde sich später schon einmal darum kümmern, vielleicht konnte es noch zu echter Größe heranwachsen. Aber was er vernichtete, war die Abendzeitung, fünf große Blätter, die er plötzlich nicht ertragen konnte. Welch eine Wörtersintflut ertränkte dort den Gedanken. Dann besser alles auf nur einer Seite, eine enorme Einsparung von Löhnen, von Papier, ein täglich wiederkehrender Gehirnsport für die Redaktion, Hirngymnastik für den Leser. Das Beste, was er hatte, war sein Wille, ein starker Wille in dem gedrungenen Körper, ein Wille, nicht zum Reflektieren, sondern zu gesellschaftlichem Handeln. Im Handumdrehen purgierte er den Bandwurm.

In einer Heidenangst, Bint könne schon nach einem Stellvertreter suchen, schrieb er umgehend einen Brief:

Bint, ich habe sehr gründlich darüber nachgedacht, und ich will doch noch gern das letzte Jahr Dein Schüler sein.

Kann das so stehen bleiben, dachte de Bree, klingt das nicht zu sentimental?

Er ließ es so, und verschickte es in die …

Er wusste nicht, wo Bint wohnte, er fand die Adresse im Schuljahrbuch: Saftlevenstraat.

Was war das für ein Vogel, dieser Saftleven? Gott bewahre, sie mussten das korrigieren, sie mussten das umtaufen in Bintstraat.

Bint gab keine Antwort, natürlich nicht, aber der August brachte seine Verlängerung. De Bree durchlitt die schlimmsten

Ferien seines Lebens, und dann eben auch noch die Tage nach seiner Wiederernennung. Alle vierundzwanzig Stunden brachten ihn dem September einen Tag näher.

DAS NEUE SCHULJAHR

Er hatte das neue Schuljahrbuch in der Tasche. Es war schon wieder ein Lehrer ausgeschieden: Talp. Talp war sicher versetzt worden. Nun, um ihn trauerte er nicht allzu sehr. Die vier Parallelklassen der vierten waren zu drei fünften verschmolzen. Die Blumen und die Grauen waren vereint. Die Braunen hatten ein paar Graue dazubekommen. Er fragte sich, wie das gehen sollte. Die Braunen waren den Grauen voraus. Das Weihnachtszeugnis würde die Entscheidung bringen.

In der Hölle war alles unverändert. Im Lauf des Schuljahrs war dort niemand abgegangen. Die Hölle war en bloc versetzt. Die Hölle blieb eine geschlossene Einheit.

Im Lehrerzimmer standen die anderen um den Tisch. Es war eine halbe Stunde vor Schulbeginn. Donkers kam auf sie zu.

«Bint hat gekündigt, er kommt nicht mehr.»

Sein Mund mit den abgenutzten Zähnen des Pfeifenrauchers sagte es säuerlich. Sein Gesicht war rot wie immer. Es hatte wenig Ausdruck. Es ließ entfernt an Bints Starre denken.

De Bree wusste, dass *er* nicht starr schaute, sondern verstört. Er plapperte Donkers einfach nach:

«Bint kommt nicht mehr.»

Er blickte von einem Gesicht zum anderen. Es musste wahr sein. Er las Niedergeschlagenheit im düsteren Stieren von Remigius, in der Blässe von To Delorm. Sie hörten es zum ersten Mal. Sie hatten es soeben gehört und noch nicht verdaut, genau wie er. Nur Donkers blieb ausdruckslos. Aber Donkers war auch in gewisser Hinsicht Bints Vertrauter. Donkers war der stellvertretende Direktor, er hatte es also schon früher gewusst. De Bree wagte nicht, nach dem Grund zu fragen. Er fühlte, dass er es auch erst halb begriff. Irgendetwas war mit Bint gewesen, in letzter Zeit. De Bree hatte, gegen seinen Willen, Dinge entdeckt. Aber Genaues wusste er noch nicht.

«Ich verstehe es schon», sagte auf einmal Keska. «Es ist wegen van Beek.»

Keska sagte es in seiner plumpen Art. Er war nicht so dumm, wie er wirkte. Er hatte, wie es bei groben Naturen manchmal vorkommt, einen scharfen Blick für das scheinbar Nichtige, eine praktische Intuition. Er meinte es nicht böse. Er sprach es einfach aus.

Alle starrten auf Donkers.

«Es ist wegen van Beek», sagte Keska.

«Halt den Mund», zischte Donkers zwischen den Zähnen.

Und er blickte Keska dabei so giftig strafend an, dass de Bree Donkers fast mögen konnte.

«Habt ihr etwas bemerkt?», fragte Remigius.

Es zeigte sich, dass alle etwas bemerkt hatten, der eine dies, der andere jenes, alle ganz wenig, niemand hatte den Ernst erkannt. Sie starrten wieder auf Donkers. Donkers zuckte mit den Schultern. Sie verstanden, dass sie keine Erklärung verlangen sollten. Sie verstanden es auch ohne Erklärung.

Die Klingel schrillte. Während de Bree wie benommen in seine Klasse ging, musste er plötzlich an das denken, was der verjagte Hausmeister über Bint gesagt hatte:

«Er kriegt es noch heimgezahlt.»

Er hatte kaum Kraft, einen Fuß vor den anderen zu setzen. Er ließ sich vor der Klasse auf seinen Stuhl fallen. Er dankte Gott, dass seine erste Stunde nicht in der Hölle war. Dort hätte er es sicher nicht ertragen.

Das Beste, was ich habe, ist mein Wille, dachte er. Langsam gewann er seine Fassung wieder.

Blumen und Graue waren zusammengeflossen. Er saß vor einer großen Klasse, einem seltsamen Gemisch. Sie zu einer Einheit zu verschmelzen, war seine Aufgabe für dieses Jahr. Eine Klasse musste ein Wesen werden. Das schien unerträglich schwer. Er überwand sich abermals. Das chaotische Klassenbild begann ihn allmählich zu fesseln. Er würde arbeiten, auch ohne Bint, aber im Geiste von Bint, mit der Seele von Bint. Donkers würde der neue Anführer. Ein Bint würde er nicht sein. Doch als Erbe von Bints System, von Bints Schule, würde Donkers dennoch eine große Persönlichkeit werden.

Die zweite Stunde bei den Braunen war schon leichter. Das Klassenbild war vertrauter, mit nur wenigen neuen Gesichtern, von den Grauen. Noch etwas fiel ihm auf. Er konnte jetzt schon schärfer sehen. Die Schüler waren in den zwei Ferienmonaten älter geworden. Die meisten waren vom Sommer gebräunt, doch das war es nicht. Die gebräunten Züge waren fester. In diesem Alter entwickelten sie sich schnell zu Erwachsenen. In der vorigen Klasse – er sprach bei sich von der vorigen Klasse, weil er noch keinen Namen für sie hatte –, da hatte er das auch schon gesehen, nur noch nicht realisiert. Sie fingen an, Männer zu werden.

In der Ablösung zur letzten Stunde fühlte er sich am Ärmel gezogen. Donkers stand ihm gegenüber:

«Es stimmt, es war wegen van Beek.»

Er flüsterte es, ein starker Mann, von starker Männlichkeit, der flüstert, wenn es um Dinge des Herzens geht. Und Donkers hatte einen kleinen, scheuen Blick, der sich an de Bree vorbeikrümmte, weil er ihm nicht zeigen konnte, was tief in seinem Auge steckte.

Wegen dieses scheuen Blicks begann de Bree, Donkers zu mögen.

5C

De Bree stand vor den ausgetretenen Treppenstufen zum Keller. Die Hölle sollte auch im letzten Jahr hier sitzen. Er konnte sich kein anderes Klassenzimmer für die Hölle denken als dieses. Die Hölle wollte es ebenso.

Aber die Teufel waren gerade eine Stunde im Labor gewesen. Sie kamen an, und de Bree erschrak beinahe. Denn das wurden keine Männer, das waren Männer. Ein Tross großer Gestalten zog an ihm vorüber und stieg hinab. Surdie Finnis mit seiner rostigen Chrysantheme, Steijd mit seinem schwarzen Gesicht, te Wigchel, die riesigen Hände auf den Schultern von zwei Kameraden, ragten über alle hinaus.

Sie zogen langsam an ihm vorüber und hinab, er hinterher.

Einige waren etwas kleiner, aber auch sie hatten im Sommer ihr Möglichstes getan. Und Taas Daamde, der nicht größer werden konnte, war in die Breite und in die Tiefe gewachsen. De Bree als Schlussmann war froh über seinen eigenen Körper von gedrungener Kraft. Er war klein, nun ja. Aber jeder sah ihm die kraftstrotzende Robustheit an. Wie hätte er als unscheinbares Männchen gegenüber diesen auftreten sollen?

Von seinem Podest aus, in der Niederung, blickte er auf die Klasse. Die Klasse saß wie immer. Keiner hatte sich verändert wie sie, keiner war vertrauter geblieben. Nach den scheußlichen Stunden wollte de Bree hier kurz zur Ruhe kommen, zur Betrachtung, zum Denken. Er sah mehr, als er zunächst gesehen hatte. Ihre Veränderung war phänomenal. Sie hatten jetzt das undankbare Alter überstanden, sie waren vermenschlicht. Hatte er sie anfangs vielleicht zu phantastisch gesehen? Waren sie nie solche Monster gewesen? Trotzdem, es ließ sich nicht leugnen, sie waren gereift. Es lag in ihren Zügen, das, was den Menschen zum wichtigsten Wesen der Schöpfung macht, das Menschliche. Es stand groß vor seinen Augen geschrieben.

Schattenkeinder blieb eine Schludertrine mit Zottelhaar, ein ewig mahlender Mund. Aber er hatte nie ihre Augen gesehen, blaugrau, mehr blau als grau, echte Frauenaugen, fast schön, fast reizvoll. Der baumlange Steijd war kein Superprimat, sondern ein Mann. Er rasierte sich schon lange. Nun sah de Bree zum ersten Mal auf seinen Kiefern den blauen Hauch geschorener Stoppeln, das Menschsein, das Mannsein. Sie alle waren Männer, sie würden Riesen werden. Von allen waren sie am vertrautesten geblieben, und ihre Veränderung war die phänomenalste.

Und dort ertönte te Wigchels Husten, um ihn zu erinnern,

dass, was er vor sich hatte, doch nur Menschenwerk war. Es war der Husten, den er sich bei der Osterfahrt in Eiswind und Staub eingefangen hatte, der Schwindsuchthusten, den er das ganze Jahr über hören würde, den er nie ganz würde vergessen können.

Dort, damals, erahnte de Bree bereits etwas von dem Kommenden. Er blickte auf te Wigchel. Er ließ sich nicht täuschen. Er schien der Mächtigste von allen, und er war nur Gips über Stroh.

Weiter, weiter blickte de Bree und dachte an die Klasse 4D, nun 5C, Bints vollkommenstes Werk. Bint würde es nicht abliefern. Andere übernahmen die Riesenzucht. Bint war mit einem Mal zu schwach geworden. Bint und schwach! Dennoch begriff de Bree. Er war so luzid, er begriff alles. Bint war schwächer gewesen als sein System. Er hatte die eiserne Konsequenz seines Systems nicht ertragen können. Er war nicht so gestählt, wie er sich gab. Er hatte sich nichts anmerken lassen. Dennoch hatte es Symptome gegeben, ein einsames Brüten in seinem Zimmer, ein schwach schwankendes Gleichgewicht. Es war nicht wegen van Beeks Tod. Zweifel, Reue? Nein, kein Zweifel, keine Reue, ein Vermächtnis seiner Kraft für die anderen. Bint wählte zwischen Bint und Bints System. Bint wurde alt, ging dahin, das System war modern, blieb jung, blieb.

De Bree hatte dagesessen und gegrübelt, er wusste nicht wie lange. Die Klasse nutzte die Gelegenheit. Es war vermutlich wieder von dem schweren, granitenen Wesen vorn in der Ecke ausgegangen, von Klotterbooke. Er hörte überall Scharren, er sah überall Erregung, er sah breit grinsende Münder, Schattenkeinder schnatterte schrill, ließ sich vornüberfallen und prustete los, Haarsträhnen auf der Tischplatte. Die Klasse begann zu brodeln, noch eine Minute, und sie kochte über.

De Bree stand plötzlich aufrecht auf dem Podest. Er blickte auf die Klasse. Ob Bint zurückkam oder nicht, ließ sie völlig kalt. Sie waren noch zu jung dafür, für Zuneigung. Sie liebten Bint nicht so, wie Bint sie liebte. Aber die Klasse blieb sich gleich. Man wusste immer, woran man bei ihr war. Ein einziger Moment von Unachtsamkeit, und die Zucht wurde mit Füßen getreten, der Lehrer konnte gehen.

De Bree stand aufrecht, gerade rechtzeitig. Sein Blick schweifte schwarz über die Klasse 5C. Er grinste breiter als alle anderen. Das Grinsen der anderen begann zu schwinden.

«Nur zu», sagte de Bree drohend, und grinste mit der Macht der Drohung.

Er hatte sich in den Ferien auf seiner Pfeife einen Eckzahn ausgebissen und es gleichgültig so gelassen. Er grinste furchterregend mit der neuen Lücke in seinem Mund.

«Haha», sagte de Bree, «ihr bildet euch ein, dass Frieden wäre? Nein, ihr Wichte, wir hatten einen Waffenstillstand, aber Frieden, echten Frieden haben wir nie geschlossen.»

Er grinste nun wirklich infernalisch.

«Habt ihr mich je sagen hören: Fortan ist Frieden zwischen uns? Nein, ihr Wichte», triezte de Bree, «es ist Krieg, es ist und bleibt Krieg.»

Er rückte den Stuhl näher heran, ließ sich gewaltig darauf niederfallen, hinter dem Tisch. Er schlug sein offenes Notizbuch auf die Tischplatte, dass es knallte. Kalt drohend spielte er mit dem Bleistift. Sein Marschallblick richtete sich auf den Feind.

«Meine Festung», sagte er.

BINTS GRABMAL

Am Abend ging de Bree in die Saftlevenstraat. Da war die Hausnummer, eine Parterrewohnung. An der Tür stand kein Name. Darüber wohnte bestimmt der Nachbar mit dem Grammophon, dem Bint zugehört, von dem er erzählt hatte.

Er klingelte. Im Flur ging Licht an. Ein Schatten wanderte über die matte Glasscheibe in der Tür, wurde größer. Der Schatten einer Frau. Die Tür öffnete sich erst einen Spalt, dann weit.

«Ist Herr Bint da?»

Nein, Vater war nicht da.

«Hier wohnt doch Herr Bint?»

Ja, hier wohnte Herr Bint.

Die letzte Frage war zum Lachen unnötig. Die graue Frau sah aus wie Bint. Es musste seine Tochter sein, die Witwe. Bint zahlte die Schulden ihres Mannes. Er hatte Jahr um Jahr von seinem Gehalt gezahlt. Er würde nun von seiner Pension zahlen. Er würde zahlen bis zu seinem Tod, ohne dass ein Ende abzusehen war.

«Wann kommt Herr Bint zurück?»

Das wusste sie nicht.

«Wohin ist er gegangen?»

Das wusste sie nicht.

Er bat sie, auszurichten, dass de Bree da gewesen sei, und ging fort.

Ein paar Tage später ging er wieder hin. Die graue Frau öffnete. Sie erkannte ihn. Vater sei nicht zu Hause, sie wisse nicht, wann Vater heimkäme.

Klare Anweisung, dachte de Bree. Ob Bint zu Hause war oder nicht, er ließ ausrichten, dass er nicht da sei. Sollte er sie fragen, ob Bint ihr vielleicht etwas für ihn Bestimmtes hinterlassen, eine Nachricht mitgegeben hätte oder etwas der Art? Er wappnete sich grimmig gegen die Schwäche dieser Frage. Wenn Bint ihm etwas hätte sagen wollen, hätte sie es ihm vermutlich ausgerichtet. Doch Bint hatte nichts zu sagen. Laufburschen, die ein Päckchen abgeben, fragten bisweilen, ob etwas auszurichten sei, in der Hoffnung auf ein Trinkgeld. Wie so ein Laufbursche fühlte sich de Bree, fortgeschickt mit der Mitteilung, dass nichts auszurichten sei. Äußerlich schien er bloß fortzugehen, innerlich schlich er davon.

Er verstand den Wink. Bint hatte ihm still und nachdrücklich diesen Wink überbringen lassen: Er wollte ihn nicht mehr sprechen, nicht mehr sehen. Bint war von nun an tot für ihn, Bint wollte es so.

De Bree warf sich niedergeschlagen auf sein Bett. Dort focht er es mit sich selbst aus. Bint wollte es so: Kein Fünkchen Zuneigung für ihn, Liebe allein für die Schule. Wahrhaftig, er las es in seinen blutumrandeten Augen.

Am nächsten Tag erwachte er sehr früh. Er fühlte, dass er mit mehr Willenskraft lebte denn je zuvor, aber mit einem Element von Ehrerbietung, das neu war, weil es feierlich war.

Er ging sehr früh zur Schule, auf einem Umweg. Zuerst nahm er den üblichen Weg, dann bog er ab. Er ging durch die Armeleutestraßen mit ihren schludrigen Fluchten, schlechte

Stadtplanung, gut genug für den Plebs, das Kopfsteinpflaster, mit dem sich die Fußsohlen der Armen eben zufriedengeben mussten, Matsch, an den sich sein Schuhwerk eben zu gewöhnen hatte. Und durch diese bescheidenen Vorportale erreichte er von einer anderen Seite den Schotterplatz, eingerahmt von Pflastersteinen, mit seinem jämmerlichen Freudenzelt.

Es war noch sehr früh. Die düsteren Häuser ringsherum waren alle wach. Der Arbeiterverkehr querte den Platz. Wie von einer Lampe, die irgendwo hinter einem Steinwall dampfte, regnete sachte der Ruß.

Doch direkt gegenüber hatte er den gelbgrau getünchten Schulquader. Trotz der Lecks, die dunkel über seinen alten Putz getränt hatten, wirkte er neben den schwarzen Häusern weiß, aufdringlich weiß. Die Turmuhr zeigte in verblichenem Gold sieben Uhr.

In der stillen, abweisenden Halle sah sich de Bree kurz um, aber er sah ins Leere. Er war sich bewusst, dass hier etwas ruhte, irgendwo, dass hier auch etwas lebte. Eine Asche, eine Seele.

Da überkam es ihn, sein Haupt zu entblößen, einfach, und leise ging er die Treppe hinauf.

ANHANG

NACHBEMERKUNG VON MARLENE MÜLLER-HAAS

Bei den Ortsnamen wurde die Schreibweise des Originals beibehalten. Brugge ist im Deutschen besser bekannt als Brügge, Rijssel als Lille, Doornik als Tournai, Zeeuws Vlaanderen als Seeländisch Flandern, ein Teil der Niederlande südlich des Mündungstrichters der Schelde an der Grenze zu Belgien.

Oudenaerden findet man auf der Karte als Oudenaarde, Beirleghem als Beerlegem, Meirelbeke als Gent bei Merelbeke, Ronsse als Ronse, Yperen als Ieper, aus dem Ersten Weltkrieg im Deutschen auch als Ypern bekannt.

Menno ter Baak

ZEHNMAL GEHORSAM

F. Bordewijk: Bint. Roman eines Senders
Nachwort 1934

Bordewijk wird gewöhnlich zu den Autoren gezählt, die sich modern in aller Kürze ausdrücken und endgültig von der Ausführlichkeit des gängigen psychologischen Romans abgewandt haben; als solchen sieht man ihn dann öfter in der Nähe der Herren auftauchen, die zusammen die niederländische Filiale des Konzerns Ehrenburg & Co. bilden. Völlig zu Unrecht; das Schreiben kurzer Sätze und das Beschleunigen des Tempos ist bei dem einen Autor nichts anderes als ein sich der Mode der Saison Unterwerfen, während es beim anderen organischer Teil seiner Persönlichkeit ist. Romane «beeinflusst vom Film und vom vorbeirasenden modernen Leben» haben etwas verblüffend Langweiliges, wenn sie allein auf Tricks und vom Film übernommenen Montageeffekten beruhen; deshalb sind für mich beispielsweise die Romane eines *Jef Last*, von denen ich erst vor nicht allzu langer Zeit einen rezensierte, so gut wie unlesbar; sie hätten, das spürt man ständig, wenn das viele papierne Zelluloid an einem vorüberzieht, in einer früheren Literaturperiode völlig problemlos auch im Zola-Stil verfasst sein können. Vielleicht ist es deshalb doch von einem gewissen Interesse, das Werk Bordewijks nachdrücklich von diesen und anderen Machwerken abzusetzen; denn bei Bordewijk, und vor allem in seinem jüngsten Roman *Bint*, ist die Kürze vollkommen durch die inneren Erlebnisse des Autors motiviert. In letzter Instanz landet man, nachdem man alles, was bei einem Buch zu den äußeren Stilmerkmalen gehört, erfasst hat, doch wieder bei der einen großen Frage: Ist jemand ein guter oder ein schlechter Schriftsteller? Nun, Bordewijk ist ein guter Schriftsteller, der seit seinen *Fantastische Vertellingen* (Phantastische Erzählungen) mehr und mehr seine eigene Form gefunden hat, über deren Qualität man sich kaum täuschen kann. In *Bint* (und anscheinend auch schon vorher in seiner Erzählung *Knorrende Beesten* [Knurrende Tiere], die ich zu meinem Bedauern übersehen habe) hat er vollkommen mit der im Grunde noch immer ein wenig anspruchslosen Poe-Nachahmung des Frühwerks gebrochen; mit dem stählernen Schuldirektor Bint hat er nicht nur eine wirklich große Figur geschaffen, sondern auch den Beweis seines originären Denkvermögens erbracht. Daher empfindet man Bordewijks stilistische Mittel, die sicherlich als modern zu bezeichnen sind, keineswegs als bewusst modernistisch; dieses Buch könnte stilistisch gar nicht anders geschrieben sein, ganz im Gegensatz zu Lasts *Zuiderzee;* bei Bordewijk sind Form und Inhalt so eins, dass man die Form nicht vom Inhalt lösen kann, ohne auch den Inhalt irreparabel zu beschädigen. Bint und sein Kollegium, der Lehrer de Bree und seine «Höllen»-Klasse, sind dank der Sachlichkeit und Knappheit lebendig, mit der sie porträtiert wurden; und dies wiederum war nur möglich, weil Bordewijk ein sehr guter Psychologe ist, der mit einem einzigen Detail exakt ausdrücken kann, was schlechtere Autoren mit einem Riesenschwall von Wörtern ... *nicht* ausdrücken. Der knappe Stil ist ein Stil für Psychologen, und eigentlich war das vor hundert Jahren auch nicht anders; und wer kein Psychologe ist, sollte lieber nicht versuchen, sich «unserer Zeit» oder des Films wegen auf dieses schwierigste aller Stilgebiete zu wagen.

Bint erzählt die Geschichte einer Schule unter dem «unzeitgemäßen» Regime eines Direktors, der für eine diktatorische pädagogische Methode steht; *Bint* ist mit einer unverkennbaren, da inspirierten, Wut gegen das Pestalozzi-Ligthart-Montessori-Casimir-de-Vletter-System geschrieben, das auf der noch nicht so lange definitiv entdeckten «Kinderseele» beruht. (Ich verknüpfe diese Namen nicht, um zu verallgemeinern, sondern weil sie gegenüber dem Bint-System in eine Reihe gehören.) Der Lehrer de Bree, die eigentliche Hauptperson (in der Gesamtkomposition allerdings undenkbar ohne Bint als mächtigen Schatten), tritt seine Stelle an der Schule an und gerät völlig in den Bann von Bints starker Persönlichkeit, die nicht den geringsten Ansatz von Pädagaukelei aufzuweisen scheint. Das System wird immer konsequenter durchgezogen, obwohl Bint mit dem Schulstadtrat und mit so gut wie der gesamten gesellschaftlichen Moral des «Jahrhunderts des Kindes» auf Kriegsfuß steht; großartig entwickelt Bordewijk, wie die Schule, die Riesen heranzüchten will, gleichzeitig abstirbt, weil keine Schüler mehr nachkommen. Schüler mit besonderen Gaben werden bei Bint nicht ermutigt, sondern unterdrückt, weil die Erfahrung lehrt, dass sie später in der Gesellschaft meist ganz normale Familienväter werden; das System an sich schwächelt nicht einen Moment lang wegen eines Schülers, der mit Selbstmord droht: «Es gibt keinen Grund, jemanden zu schonen, der Selbstmord ankündigt.» Doch als der

Junge seinen Plan dann wirklich in die Tat umsetzt und sich umbringt, erweist sich der sture, diktatorische, prinzipielle Bint, obwohl er mit der Virtuosität seines eisernen Willens einen Schulaufruhr auf der Stelle niederschlägt, dieser Tatsache auf Dauer nicht gewachsen; das System ist sogar ihm zu viel, und de Bree entdeckt, dass auch Bint an «den kleinen Fehlern des Wesens, die das Menschliche ausmachen» leidet. Bint verschwindet, er wird unsichtbar; die Schule mit dem System wird sein Grabmal.

Das ganze Buch hat den Ton einer exzellenten Groteske, die sehr tief sondiert und die man absolut nicht mit dem Konstatieren des Elements Übertreibung abtun kann, das nun einmal unvermeidlich in jeder Groteske enthalten ist. Man höre Bints Grundsatzerklärung auf der Lehrerkonferenz (Lehrer, die so gut wie alle seine Kreaturen sind und durch seinen persönlichen Einfluss ein Elitekorps bilden):

> «Ich fordere von jedem Lehrer, dass er sich nicht in das Kind hineinversetzt, dass er nicht hinabsteigt. Ich fordere vom Kind, dass es sich in den Lehrer hineinversetzt, dass es aufsteigt. Ich fordere, dass es sich in zehn Lehrer hineinversetzt. Ich fordere, dass es zehnmal Gehorsam anerkennt, zehnmal Zucht, dass es von zehn Erwachsenen gezüchtigt werden wird.
> Die Jugend ist dabei, sich zu großen Gruppen zusammenzutun, die jeden Sonntag durch die Straßen ziehen. Sie haben einen gefährlichen Anschein von Schönheit. Das Individuum geht in ihnen unter, jedoch nicht aus Gehorsam. Das Individuum trägt eine kollektive Zurschaustellung von Macht mit. Es geht mit anderen im gleichen Wollen auf. Und es geht in der Macht unter. Die Gruppen bedeuten die Auflösung des Individuums, weil es nicht Gehorsam lernt, sondern Macht. Der Mensch darf nicht mehr Masse sein, als für die Staatsordnung erforderlich ist. Er darf kein ande-

res Heer bilden als das Staatsheer. All diese Sonntagsheere sind verseucht. Der Mensch muss Gehorsam lernen, und Zucht. *Dadurch unterwirft und entdeckt er seinen Willen.*»

Ich habe den letzten Satz kursiviert. Bints hier definiertes Programm richtet sich eindeutig gegen die Pädagogen der «Kinderseele», deren Schwachstelle darin besteht, dass sie einen Persönlichkeitskult des Kindes pflegen, ohne dass jemand wüsste, wozu all diese persönlichen Kinderseelchen dienen sollen. Bints Programm ist realistisch … aber es ist zugleich Don Quichoterie, weil es von der heutigen Gesellschaft nicht mehr verstanden wird; es ist von einer altrömischen Härte durchzogen und voll spartanischer Verachtung für kulturelle Genüsse, die keinen anderen Zweck haben, als die allgemeine Erschlaffung zu fördern … daher ist es «unzeitgemäß», d. h. heroisch, und zugleich vorbestimmt, an seinen eigenen Prinzipien zugrunde zu gehen; das System zerbricht an dem Selbstmord, der für es die äußerste Kraftprobe sein musste. Weder der Stadtrat noch die Opposition der Eltern, sondern der kleine Fehler im Menschlichen lässt Bint Schiffbruch erleiden.

Aus der Art und Weise, wie Bordewijk das Verhältnis von Lehrern und Schülern dargestellt hat, zeigt sich m. E., dass er dieses Verhältnis aus eigener Erfahrung kennen muss. Die brillantesten pädagogischen Systeme, die von innigen Gefühlen für die Jugend (von Ortega y Gasset als «die Erpressung mit der Jugend» bezeichnet) ausgehen, können nicht ungeschehen machen, dass sich in einer Schule immer zwei Arten von Moral gegenüberstehen: die Lehrermoral und die Schülermoral. Sie können sich manchmal kreuzen, es kann eine «Zwischensphäre» des Verstehens und der wohlwollenden Zusammenarbeit entstehen: Dennoch bleiben Lehrer und Schüler Antipoden. Der Lehrer sieht die Schüler in erster Linie als Material zum Erziehen, die Schüler sehen ihre Lehrer an erster Stelle als unwirkliche (geliebte oder verhasste) Gott-Menschen, deren Tugenden und Fehler sie durch die Perspektive des Abstands verzerrt wahrnehmen; von der Welt des anderen hat jeder von ihnen nur eine sehr bruchstückhafte Vorstellung, weil sie in einem Gewaltverhältnis zueinander stehen. Manch mitfühlender Pädagoge berauscht sich an der Illusion, dass man die Unvereinbarkeit dieser beiden Moralvorstellungen durch Kameradschaftlichkeit oder Ähnliches aufheben könne; welche Illusion! Der Lehrer kümmert sich nicht als Mensch um die Schüler, die Schüler werden sich gewiss hüten, dem Mann vor der Klasse ihre intimsten Probleme preiszugeben; und zwar wegen der Art der Beziehung, die von Natur aus eine künstliche ist und sein muss. Die Kameraderie bleibt immer ein Kompromiss (und hat es auch zu bleiben), der die wahren Machtverhältnisse erträglich und für beide Parteien annehmbar macht; sobald Kameraderie zum *Ideal* wird, wird sie zu einer Konzession an die durch nichts motivierten Gefühle für das Kind, *weil* es Kind ist.

Sieht man diese Evidenz als Grundlage von Bordewijks Groteske, dann erkennt man erst recht (vor allem, wenn man sich zufällig selbst einmal in der Schüler- und der Lehrerrolle befunden hatte) die große Bedeutung dieser scheinbaren «Übertreibung». *Bint* ist aus der «Lehrermoral» heraus geschrieben, wie Vestdijks *Terug tot Ina Damman* (Zurück zu Ina Damman) mit demselben scharfen, psychologischen Blick aus der «Schülermoral» heraus geschrieben wurde; es ist sehr lohnenswert, beide Bücher, die zusammen wieder eine Front gegenüber der Ligthart-Moral bilden, in ihren Übereinstimmungen und Unterschieden zu vergleichen. Bei Bordewijk wie bei Vestdijk fehlt die künstliche «Zwischenatmosphäre», die unsere modernen Pädagogen bisweilen als die wirklich vorhandene Atmosphäre der Schule hinstellen; bei Bordewijk leben die Schüler in der unbarmherzigen Sichtweise des Lehrers de Bree auf seine Affen und Seelöwen, bei Vestdijk leben die Lehrer in dem Mythos, der den Schüler Anton Wachter in die Lage versetzt, seine Gott-Menschen in seine Gedankenwelt aufzunehmen. Dieser unterschiedliche Ausgangspunkt erklärt auch viel vom Unterschied in der Darstellung der beiden Autoren; während bei Vestdijk die Lehrer trotz all ihrer menschlichen Schwächen dennoch einen Überschuss an Macht behalten, behandelt Bordewijk die Schüler als verstoßene Gestalten eines Hieronymus Bosch, gesehen vom Lehrertisch aus. Bordewijk sieht nicht nur die rebellische Klasse mit dem Beinamen «die Hölle» aus seiner infernalischen Perspektive; auch die «graue Klasse» und die «braune Klasse» und die «Blumenklasse» könnten einem Gemälde von Bosch entsprungen sein. Kein Hauch von pädagogischer Regung; die Verbrüderung zwischen de Bree und seiner «Hölle» entsteht aus einer hartnäckig durchgehaltenen Guerilla zwischen dem Dompteur und seinen Tieren. Bordewijk sieht eine Klasse nicht als eine Ansammlung von Individuen, sondern als ein Wesen, das eine organische Einheit bildet und sich in seinen Reaktionen immer gleich bleibt: eine Beobachtung, die für mich beweist, dass er den Lehrerberuf aus der Nähe kennen muss. Eine Klasse ist in der Tat ein überpersönliches Individuum, in dem die Schülerindividuen absorbiert sind; die Aufgabe des Lehrers ist es vor allem anderen, diese Persönlichkeit zu erraten und die eventuell unwilligen Elemente, die gegen diese Klassen-Persönlichkeit in Widerstand verfallen, schachmatt zu setzen. Hervorragend entwickelt Bordewijk den Charakter der «Hölle», den Haufen unruhiger Wesen, die Direktor Bints ganzer Stolz ist und die, obwohl es unablässig Strafen auf sie herabhagelt, dem Geist der Schule am meisten verbunden ist; das alles transponiert in die Atmosphäre von Scheusal und Schimmel, die für seinen Stil charakteristisch ist und der das «Normale» des durchschnittlichen Schülers mit einer phantastischen Vielfalt grotesker Formen verdeckt. In diesem Stil ist kein Platz für das «Normale»; jedes Wesen wird von Bordewijk sofort bei seinen Exzessen ertappt und bekommt seinen Platz in der Fabelwelt eines Hieronymus Bosch zugewiesen.

Am Anfang des Artikels habe ich bereits darauf hingewiesen, dass man Bordewijk bisweilen bei einem modischen stilistischen Verfahren verorten möchte, mit dem er eigentlich nichts zu tun hat. Bordewijk selbst hat einmal als Einfluss den Namen van Oudshoorn (1876–1951) genannt; und in der Tat ist er diesem Schriftsteller in gewisser Hinsicht verwandt. Doch während van Oudshoorn im Lauf der Zeit in der Beschreibung schleimiger Wesen im Verwesungsstadium steckenblieb, hat sich Bordewijk davon distanziert; das Symbol dafür scheint mir sein sachlicher, prägnanter Stil zu sein. Er besitzt den unverwechselbaren Humor, der van Oudshoorn fehlt; einen Humor, der ihn in die Lage versetzt, die repräsentativen Eigenschaften der Fabelwesen mit einem Bild aus der «Realität» zu extrahieren; selbst die phantastischen Namen, die in einem die sonderbarsten Assoziationen wecken, haben daran ihren Anteil (Whimpysinger, Kiekertak, Taas Daamde, Klotterbooke, Bolmikolke, Schattenkeinder, allesamt Schüler der «Hölle»). Wie vortrefflich Bordewijk die Kunst des Beschreibens beherrscht, ohne je in das öde Malen mit Wortklecksen à la Is[idor] Querido zu verfallen, möge beispielsweise aus diesem Auszug von de Brees Klassenfahrt mit der «Hölle» durch Zeeuws Vlaanderen hervorgehen:

> Die zwölf standen kurz auf dem Damm im Krekerak und sahen über einen Meerbusen, die Bucht der Oosterschelde. Sie sahen viel an diesem Tag. Das umwallte Hulst, Axel auf einer Anhöhe, im Staub liegend, in der Ferne sich kräuselnde Straußenfedern des Löschwassers in Sluiskil, auf dem Fabrikgelände, und als sie dort angekommen waren, einen Nieselregen aus Ammoniak, der jedes Eisen zersetzte. In ihre Rücken drückte der Ostwind. Sie segelten auf das tief gelegene Philippine zu, sehr unscheinbar, sehr beklemmend, die Grenze passierten sie mehrere Male, und jedes Mal waren dort die schlechten Pflasterstraßen. Und Herbergen und Zollstationen voller Trostlosigkeit. Dann wieder trieben sie mit dem Wind durch die Lande, wie tief hintereinanderfliegende Vögel.

Jemand, der die Kürze so auszubeuten versteht, hat ein Recht auf Kürze. Er unterscheidet sich signifikant von denjenigen, die das Kurze praktizieren, weil sie noch nicht einmal für das Lange reif sind. Mit diesem kurzen Roman *Bint* hat Bordewijk gleichzeitig erneut die Beschränktheit und Überflüssigkeit der noch immer hochgeschätzten Romane über Heim und Herd wirkungsvoll an den Pranger gestellt.

In: Menno ter Braak, *Verzameld werk.* Hrsg. von M. van Crevel, H.A. Gomperts und G.H.'s-Gravesande. *Bd. 5.* G.A. van Oorschot, Amsterdam 1949, S. 417–423

Maarten 't Hart

BINT

Nachwort 2012

Ferdinand Bordewijk wurde am 10. Oktober 1884 in Amsterdam geboren. Sein Vater war in der Hauptstadt bei einer Bank tätig. Zehn Jahre darauf zog die Familie Bordewijk nach Den Haag, wo der Vater Ministerialdirigent im Ministerium für Wasserwirtschaft wurde. Dort in Den Haag absolvierte Bordewijk von 1898 bis 1904 das Gymnasium und studierte danach Jura in Leiden. 1912 promovierte er zum Doktor der Rechtswissenschaft. Nachdem er kurz bei einer Lebensversicherungsgesellschaft gearbeitet hatte, wurde er im Jahr darauf als Juniorpartner in die Anwaltskanzlei Aan de Boompjes in Rotterdam aufgenommen. Diese Kanzlei hat er später in seinem Roman *Charakter* beschrieben. Doch schon bald wurde er Anwalt in einem Büro in Schiedam, dem er bis zu seinem Tod verbunden blieb.

Am 1. August 1914 (der Tag, an dem die Niederlande wegen des drohenden Ausbruchs des Ersten Weltkriegs ihre Armee mobilisierten) heiratete er die Komponistin Johanna Roepman. Sie schuf ein interessantes Œuvre, unter anderem eine ausgezeichnete Klaviersonate sowie die faszinierende Oper *Rotonde,* für die ihr Mann das Libretto schrieb.

Weil Bordewijk mit seinen Honoraren den Lebensunterhalt

noch nicht bestreiten konnte, übernahm er im Oktober 1914 eine Nebentätigkeit. Neun Stunden pro Woche unterrichtete er fast drei Jahre lang als Lehrer an der Gemeentelijke Openbare Middelbare Handelsschool, der Höheren Handelsschule in Den Haag, die Fächer Volks- und Betriebswirtschaft sowie Warenhandelskunde. Als seine Anwaltstätigkeit sich ausweitete, kündigte er 1917, sah sich jedoch ein Jahr darauf erneut gezwungen, eine Nebentätigkeit aufzunehmen, nunmehr an der Eerste Gemeentelijke Handelsschool, einer städtischen Handelsschule in Rotterdam. Dort unterrichtete er bis zum Oktober 1920. Johanna Bordewijk-Roepman schreibt in der Lebensskizze über ihren Mann: «Die Handelsschule am Alkemadeplein sollte der Schauplatz des Schulromans *Bint* werden.» Sie ergänzt diese Bemerkung gleich warnend: «Personen und Ereignisse sind jedoch völlig frei erfunden, sowohl in diesem wie in allen anderen Büchern des Autors.» So wird recht verkrampft versucht, das autobiographische Element, das in allen Werken aller Schriftsteller prominent vorhanden ist, zu leugnen.

1916 veröffentlichte Bordewijk unter dem Pseudonym Ton Ven sein erstes literarisches Werk, den Gedichtband *Paddestoelen* (Pilze). Wie sehr ich mich als fanatischer Bordewijk-Bewunderer auch bemüht habe, ein Exemplar dieses Bandes zu beschaffen – nie ist es mir gelungen, und so habe ich Proben seiner Dichtkunst leider nie lesen können. In der gesamten Sekundärliteratur über Bordewijk werden die Gedichte als miserabel bezeichnet, aber das hätte ich doch gern selbst beurteilt.

1919 erschien sein erster Sammelband *Fantastische vertellingen* (Phantastische Erzählungen), gefolgt von einem weiteren Band 1923 und einem dritten 1924. Diese Edgar Allen Poe und

E. T. A. Hoffmann verpflichteten, womöglich aber noch stärker unter dem Eindruck von Gustav Meyrinks *Der Golem* geschriebenen Erzählungen sind – in ihrem Genre – vortrefflich und enthalten bereits vieles, was Bordewijks späteres Werk kennzeichnen wird: die ein wenig beklemmende Atmosphäre, den Hang zum Makabren, die groteske Darstellung der alltäglichen Wirklichkeit, das Interesse für verfallende Stadtviertel und merkwürdige Architektur.

1928 publizierte Bordewijk eine Vorstudie seines bekanntesten Werkes, des Romans *Charakter*. 1931 erschien der kurze Roman *Blokken* (*Blöcke*, deutsch 1997), in dem Architektur sogar die Hauptrolle spielt, gefolgt von dem kurzen Roman *Knorrende Beesten* (Knurrende Tiere) mit dem Automobil als Protagonisten. Als letzter Roman dieses Triptychons, das sich eng an die literarischen Prinzipien der Neuen Sachlichkeit anlehnt, kam 1934 der Roman *Bint* heraus. Ganz zu Beginn seines literarischen Schaffens hatte Bordewijk bereits eine phantastische Erzählung verfasst, in der eine Schule die Hauptrolle spielt. Die Erzählung blieb unvollendet und wurde später zu dem Roman *Bint* umgearbeitet. Dass *Bint* also, obwohl der Einfluss der Neuen Sachlichkeit auch hier unübersehbar ist, eigentlich noch aus der Welt der Phantastischen Erzählungen stammt, ist durchaus von Wichtigkeit, denn es erklärt, weshalb dieses Werk reicher, geheimnisvoller, vielschichtiger und grotesker ist als die bizarren Novellen *Blokken* und *Knorrende Beesten*.

Der kurze Roman *Bint* wurde sogleich als außerordentliches Werk wahrgenommen, und dennoch reagierten die Kritiker sehr gespalten. Zwar schrieb der prominenteste unter ihnen, Menno ter Braak: «Das gesamte Buch hat den Ton einer exzellenten Groteske, die sehr tief gründet und absolut nicht mit dem Konstatieren des Elements Übertreibung abgetan werden kann, das nun einmal unvermeidlich jeder Groteske innewohnt.» Hingegen äußerte sich der damals noch junge, später allseits respektierte Professor der Niederländischen Literatur Garmt Stuiveling: «Seine Publikation *Bint* – eine, wie aus einem Interview hervorgeht, ernst gemeinte Anpreisung einer barbarischen, mitleidlosen Art von Erzieherei – hat in Unterrichtskreisen ziemlich hohe Wellen geschlagen. Zu Unrecht, wie ich meine, denn obwohl die literarisch-stilistischen Qualitäten durchaus bedeutungsvoll sind, die pädagogisch-philosophischen sind es durchaus nicht. Unter pädagogischen Gesichtspunkten ist, auch dem Autor gegenüber, ein Totschweigen des Inhalts die einzig vertretbare Haltung.» Ein hartes Urteil, doch was auch geschah: Totgeschwiegen wurde *Bint* nicht. Ein halbes Jahrhundert später schrieb Harry Scholten, ein anderer angesehener Niederlandist: «Die Frage, ob der Roman *Bint* ein Plädoyer für eine totalitäre Ideologie faschistoiden Zuschnitts darstellt – sei es nun den Mikrokosmos einer Schule betreffend oder auch die gesamte Gesellschaft – oder ob das Buch im Gegenteil den Zusammenbruch einer solchen Auffassung bei Überschreitung des Menschenmaßes zeigen will, ist fast fünfzig Jahre später noch immer aktuell.»

Fünfzig Jahre später wurde der Roman jedoch nicht mehr, wie es 1934 durchaus noch der Fall war, in Verbindung gebracht mit dem Aufstieg Hitlers und des Nationalsozialismus. Bordewijk hat für die Nazi-Ideologie niemals irgendwelche Sympathien gehegt, er stand im Krieg auf der richtigen Seite und war nach dem Krieg Vorsitzender eines Rats, der über das Verhalten niederländischer Autoren zu urteilen hatte, die sich damals mit den deutschen Besatzern eingelassen hatten. Fünfzig Jahre später konnte jeder aufmerksame Leser – nachdem nun das Gesamtwerk des Autors, der 1965 mit achtzig Jahren verstarb, zur Verfügung stand – allerdings auch nachlesen, dass Bordewijk in all seinen Romanen und Erzählungen eine große Faszination für Disziplin, Selbstdisziplin, Ordnung, Gehorsam und damit zusammenhängende Phänomene wie Macht und Zerrissenheit an den Tag legt. Sehr zu Recht schrieb eine andere Niederlandistin, Helbertijn Schmitz-Küller: «Disziplin, Selbstdisziplin, Selbstzucht, Macht, das waren in den Dreißigerjahren keineswegs belastete Begriffe. Es wirkt, als wäre sich Bordewijk ihrer gefährlichen Seiten sehr bewusst gewesen und daher darauf aus, sie in seinen Romanen in den Untergang zu führen. Die Bewunderung jedoch, mit welcher er diese Tugenden beschreibt, und die geringe Überzeugungskraft, mit der ihr Untergang gestaltet wird, bilden einen faszinierenden Widerspruch.»

Man könnte sich sogar fragen: Geht in *Bint* überhaupt etwas unter? Gewiss, Bint ist mit einem Mal verschwunden – warum, darüber erfahren wir nichts, obwohl es doch sein könnte, dass der Selbstmord eines Schülers ihn getroffen hat –, aber de Bree setzt Bints Regime fort. Nichts weist darauf hin, dass sich der Autor von der mit so viel stilistischer Kunst evozierten Schulwelt des befristeten Lehrers de Bree distanzieren würde. Nicht einmal von Bint distanziert er sich, obwohl diese Person ziemlich schemenhaft bleibt.

Als ich 1967 nach dem Vorbild des von mir bewunderten Bordewijk eine Nebentätigkeit als Biologielehrer an einem Gymnasium aufnahm und, unter dem Eindruck meiner ersten Erfahrungen in und vor der Klasse, *Bint* erneut zur Hand nahm, verblüffte mich die Tatsache, dass die von Bordewijk beschriebene höllische Schulklasse längst nicht so grotesk war, wie sie mir zunächst erschienen war. Ich hatte ebenfalls eine solche Klasse, die an der Schule, wo kein Mensch *Bint* gelesen zu haben schien, das Inferno genannt wurde, und ich stand vor einer ebenso solchen Blumenklasse, einer Klasse, die aus lauter Schülerinnen bestand. Mich in der Infernoklasse zu behaupten, gelang mir kaum, aber was mir trotz allen Versagens auffiel, war, dass sich die Schüler eigentlich nach einem Lehrer sehnten, der eine völlig selbstverständliche Autorität in der Klasse hätte, nach einem starken Pädagogen, der die Schüler mühelos an der Kandare halten könnte. Vor allem für junge Lehrer, die Probleme mit der Disziplin in der Klasse haben, werden die in *Bint* skizzierten Zustände ein Aha-Erlebnis sein. Lehrer, die die Schüler so im Griff haben, dass in ihrem Unterricht nicht einmal der Gedanke an Rebellion aufkommen kann, werden die Beschreibungen in *Bint* natürlich grotesk finden. Ich jedoch – ein junger Lehrer ohne Erfahrung und mit Disziplinproblemen – las sie als beängstigend realistisch und nachvollziehbar. Und in meinen damaligen Träumen passierten noch viel grausamere Dinge als in Bordewijks *Bint*. Menno ter Braak, auch er einmal als Lehrer tätig gewesen, schrieb in einem Brief: «Ich kenne Bordewijk nicht persönlich, aber von einem seiner Cousins hörte ich, dass er ein sehr sanfter, zweiflerischer Mann sein soll, der ein paar Wochenstunden Volkswirtschaft lehrte und in seinem Unterricht absolut keine Disziplin durchsetzen konnte.»

Dem wird von Bordewijks Biographen Reinold Vugs zwar widersprochen, ich aber glaube, dass der junge Lehrer Bordewijk durchaus Probleme gehabt haben wird. Möglicherweise ist es ihm, durch Erfahrung klug geworden, ziemlich schnell gelungen, in der Klasse Disziplin und Ordnung durchzusetzen, doch nur jemand, der einmal als Lehrer zitternd vor einer solchen Infernoklasse gestanden hat, kann ein derart meisterhaftes Bild von ihr zeichnen. Und was man als Lehrer auf jeden Fall beim Unterrichten lernt, ist, dass gerade diese Schüler nach Zucht und Disziplin lechzen, nach der Überlegenheit des Lehrers. Eine solche Schulklasse ist kein Mikrokosmos, der die Gesellschaft der Erwachsenen widerspiegelt, eine solche Schulklasse ist ein Organismus an sich; Bordewijk bezeichnet sie in *Bint* als ein «Wesen». Die Schüler, die sich außerhalb des Klassenzimmers als sehr angenehme Menschen erweisen mögen, können es im Kollektiv der Klasse, mit den auf sie gerichteten Blicken der Mitschüler, nicht lassen, den Lehrer zu prüfen, die Grenzen der Macht zu suchen, schlicht und ergreifend Bambule zu machen. Wenngleich sie sich, sobald das Pandämonium erst einmal ein Fakt ist, für das, was sie getan haben, schämen. Ich hatte Schüler, die nach dem Ende der Stunde zu mir kamen, um sich zu entschuldigen. «Aber Sie müssen mich bitte auch bezwingen», sagten sie, «legen Sie mir doch die Daumenschrauben an.»

Kurzum, *Bint* ist ein Roman darüber, wie man Schüler «nieder»zwingen muss. Ob de Bree dabei zu den richtigen Methoden greift, kann man sich fragen. Ich jedenfalls habe als junger Lehrer nicht besonders viel von Bints und de Brees Methoden gelernt. Mir gelang es schließlich mit faszinierenden Unterrichtsstunden hauptsächlich über alles, was mit Fortpflanzung zu tun hatte, die Schüler «nieder»zuhalten. Nun ja, damit kann man natürlich nicht kommen, wenn man Volkswirtschaft unterrichtet. Dennoch gibt es in *Bint* durchaus eine biologische Komponente, denn es fällt auf, dass sich jegliche Bildsprache auf die Tierwelt bezieht. Vor allem der Geier und dessen Schnabel und Klaue dienen als Referenz. Aber auch der Wolf, der Heuschreck, die Ratte, der Gorilla, der Bandwurm. In *Bint* wird gekratzt und gebissen. Der Mikrokosmos der Klasse spiegelt weniger die Gesellschaft als vielmehr eine Schimpansenkolonie, oder, um ein Wort zu verwenden, das überraschenderweise ebenfalls in *Bint* zu finden ist: eine Gruppe von Superprimaten. Auf die Frage, ob Bordewijk in *Bint* mit einer faschistisch angehauchten Ideologie liebäugelt, kann man also antworten, dass er vielmehr vorführt, wie viele tierische Elemente noch im Verhalten der Menschen stecken, animalische Elemente, die jedoch durch Zucht und Selbstzucht, durch Ordnung und Disziplin unter Kontrolle gehalten werden können. Ob es die Intention des Autors war, dies mit *Bint* zu demonstrieren? Nein, sicher nicht, denn Schriftsteller schreiben keine Romane, um etwas vorzuführen oder zu beweisen, sondern um in einem von ihnen geschaffenen glaubwürdigen Universum glaubwürdige Personen darzustellen, die den Leser, lange nachdem er oder sie das Buch zugeklappt hat, noch weiter fesseln. Und mit der Schaffung eines einzigartigen, im Roman schlicht «die Hölle» genannten Universums hat Bordewijk 1934 bewiesen, wozu er im Stande war, denn wie viele meisterhafte Werke er danach auch noch geschrieben hat, *Bint* hat er nie übertroffen.